우영창 시집

사실의 실체

우영창 시집

사실의 실체

세상의아침 시집 ❶

세상의 아침

들어가는 말

두 번째 시집 이후 1991년부터 2005년까지 쓴 시 중 81편을 묶었다

1, 2부는 2002년부터 2005년, 3부는 1997년부터 2001년,

4부는 1991년부터 1996년 사이에 쓴 시들이다

여러모로 부족한 시들을 묶는 데 시간을 아끼지 않은

후배들에게 고맙다는 말을 전한다

띄엄띄엄이라도 읽어주신다면 더 바랄 나위 없겠다

2006년 1월

우영창

차례

1부 세월

2부 독백

3부 신비

4부 사실의 실체

1부 세월

쌓여오는 눈

눈은 들판을 덮었다
유리창이 밝아오며
새들이 눈발 사이로 흩어져 가자
벌판 한가운데
사람 하나가 새로 생겨난다

너무 늦었다고
쓰레기봉지가 다 차간다고
믿어버리려 했던 내 시간의 매립지에
눈은 먼 곳에서 다가와 쌓여온다
위안도 뜨거운 껴안음도 아닌,
소리 없이 머물다 치워지는
물 한 종지 같은 것
그 때문에 눈시울이 붉어진다

사람 하나가 걸어간다
연장을 들고
검은 나무 밑을 지나
눈발에 휩싸인다

가득한 허공

술과 여자가
풍부했던 유머가
내 기질인줄 알았다
때로 시니컬한 웃음소리가
무심한 눈빛이
나의 특권인줄 알았다

오늘 나는
흐르는 강물 앞에 서있다
그 어느 날에도 서있었고
그때 흐르던 눈물이 지금은 흐르지 않는다
저물녘의 강물에 바람이 불어와
공중에서 뒤집혔다 내려온 나뭇잎 몇 장이
발끝을 스쳐 구르는 것까지 똑같은데
무슨 어리석음이었던가
남몰래 간직하고자 했던 것들
무슨 방자함이었던가
남몰래 버리고자 했던 것들
강물이 바다에 닿고 또 닿을 동안

나뭇잎이 흙이 되고 나뭇잎이 다시 지는 동안

나는 아무것도 모르는 인간이 되어

두 팔을 늘어뜨리고 서있다

참으로 잃어버린 것

빼앗긴 것의 이름도 낯설어진 채

텅 비어버린 자의 눈에

어두워지는 눈동자에

새 한 마리 또 한 마리 지나가

허공이 가득한데

잠시만 더 서있자

잠시만 더 있자

내가 나를 조르는 소리

훗날

그날 이후 모든 것이 바뀌었다고

믿을 수는 없을 것이다

뒤돌아본 저 강물이

뒤돌아본 저 허공이

무슨 말을 했다고

억지 부릴 수는 없을 것이다

두고 온 것도

챙겨온 것도 없을진대

그날 거기 있었다고

돌아오는 밤에

나무의 그림자를 자주 밟았다고

내가 나에게 일러줄 때

세상의 침묵이 위안이 될 것이다

어쩌면 대담해진 내가

거리의 술집에서 논객이 될 때

그날의 나는 조용히 묻혀갈 것이다

그편이 참다울 수도 있을 것이다

바다에서 一泊

기차는 연착하였다
나는 삶에 대해 더는 알아내지 못했다
다족류의 갈라진 시간이 바다까지 이어지고 있었다

멀리 군함이 떠있어 수평선 아득하고
갈매기는 푸른 파도 위에서 솟구친다
파도는 밀려와 발등에서 부서지고
젖은 모래의 흰 거품 사그라진다
앞서 걷는 여인은 바람을 안아
몸의 공터가 부풀어 오른다

바다에서 기대하는 모든 것은
내가 가져가는 것,
풍경삽화 몇 장으로 바꿔치기 해보지만
머리를 비울 길 없어
셔츠의 단추를 풀어본다
일몰의 해변에서 그림자를 접고
밤에는 커지는 파도소리에
라디오의 주파수를 조절한다

生은 복제품은 아니었지만

雅樂처럼 단조롭기도 했다

지하철을 타고 떠난 사람은

지하철에서 내렸고

소파에 앉은 채로 떠난 그 사람은

소파천을 갈았을 뿐일 터

더러운 밤의 골목이

아침이면 치워져 있는 것을

나는 자주 보았었다

해는 길었다 짧아졌고

새벽에는 짧은 이불을 끌어당겼다

머리맡의 강이

바다로 흘러든다는 생각은 잊고 있었으니

생각났던들

이 바다가 그 바다라는 믿음이

지금의 내게는 없다

밤을 두고

어두워진 바다를 두고

졸듯이 잠들어야 하는가
해가 수평선에서 떴다고 눌러 쓴
아이의 일기장이 소금기에 절고
나도 바다 속 깊이 가라앉아
달빛이 넓은 수면의 뒷장으로
살아온 거품을 올려보내고 있자면
게워내고 있자면
한 척의 배 지나간 자리가
천천히 밝아 와도 좋은가
해가 떠도 좋은가

국철 엘레지

친구가 끊어준 표를 손에 쥐고
국철을 기다린다
이즈음 나의 자존심은
기껏 막차를 거절하는 정도가 되었다
담배를 물기 좋은 옥외 플랫폼
기다리는 사람은 모두 다섯
그 중에 내가 있다
청량리 발 강릉 행 무궁화호에
환히 불이 들어와
의자에 배낭을 내려놓는 처녀들
오, 왜 나는 슬픈 것이냐
내 슬픔은 왜
그대들의 기대에 미치지 못하는 것이냐
선로의 바퀴에 손전등을 비쳐보고 돌아서는
역무원의 어깨가 낯익다

늦은 시간인가
국철의 노약자석이 비어있다
지금은

서 있는 내가
저 자리를 또 비워놓고 있다

그만 둔 회사의 광고판이
왕십리의 플랫폼에서 나를 놀라게 한다
내가 퇴사시킨 그 많은 사장님들 중엔
고인이 된 분이 계셔
내가 한 잔의 祭器가 되어 묵념을 올려본다
그분이 주신 표창장을 나는 그만 잃어버렸구나

나는 오늘 술을 마셔
누가 봐도 울적한 사람이 되었다
이런 날은 비정기적이지만
다행히 국철은 정시에 운행하여
사람들을 정거장마다 내려놓는다
그들이 모두 집으로 돌아간다
외등이 켜지고
아아, 문이 열린다

세월

날 위해 너를 만났다
술상이 있는 자리에
행인이 있는 밤의 모서리에
마신지도 모르고
뒷말이 앞말을 잊고
막차가 끊긴다

마음의 늪에
누구 다녀간 흔적이 없어
침울했다고
내 단정한 자세가 말했다면
그건 내가 서툴다는 얘기다
그 긴 세월
너를 생각하기보다
너를 생각하는 나를
더 많이 생각했었다
적요의 계절
부풀어 오르는 침묵의 밤
너도 그만

너를 용서해버리고 싶은 그런 밤에
나는 어떤 감나무 한 그루를
한 그루일 수밖에 없는 감나무를
우두커니 쳐다보았었다
누구에게
시간은 때로 거기까지 주어지고
누군가는 책상에 엎드린 밤이었다

모두가 집이 있는
밤거리는 차갑다
모월 모일
되 물릴 수도 없는 자리에서
그 긴 세월
이렇게 헤어질 수 있어
너를 만났다

내가 저 강의

내가 저 강의
강 건너 불빛을
불빛에 지워진 산그늘을

풀섶을 스쳐
시멘트 층계를 내려와
강둑을 따라

내가 저 강의
강바닥 진창을
진창이 끌고 가는

하류에서
상류로
존재의 역류를
다시 한 번 거슬러

내가 저 강의
첫 노래의 회오리 속에

첫 소절의 웅웅거림 속에
되풀이되는 흐름 속에

그리운 사람

오늘 따라
주름마다 검붉은 꽃이 번진
산의 늙은 얼굴이 세세히 보인다
일찍 지는 해에
내 그림자 길어지고
강은 서남쪽으로 흐르는구나
하늘에 헬리콥터 떠
바람을 가득 안은 낙하산 부대
보라, 옛사람이여
우리는 하늘에서 내려온다
그 아래 평야를 가로지른 강변아파트에
한 마을이 입주해 새끼들을 부화하고 있다

飛上하는 새떼는
다만 강을 남길 뿐인데
풍랑에 묶인 옛나룻배
뱃전을 치는 물소리 아득하고
저물녘에 잠시 불붙은 해의
붉은 띠만 일렁이며 건너와

버드나무 그림자 외따로

물살에 쓸리는구나

자동차 불빛 깜박이며

멀리 돌아나가고

돌아서는 내 발길 따라

마른 갈대 서걱이는데

훗날의 한가한 사람은

어느 쯤에서 걸어오고 있는가

흐린 어조로

잔뜩 흐린 하늘
내가 보는 산은
송전탑들이 더 높이 솟아있다
세 가닥 전선줄은 산을 타고 강을 건너
알 수 없구나
강물 위 새떼는 무리지어 떠 있어
시야 너머까지 짐작케 하고
잡종개 소리는 아무래도 인가 쪽에서 들려온다
멀리 불빛 몇 점은 가로등불 같기도 하고
하늘엔 주황빛 구름이 한 점 밝게 빛나
신령스러운 것이 이치에 맞지 않아 보인다
강물만도 아니고
새떼만도 아니고
불빛만도 아닌데
나는 무엇에 이끌리듯 걸어왔다
직각의 팔을 가진 저 마스크 맨은
발걸음도 기운차구나
나는 내 몸을 알아 보폭을 키우면 아니 된다
더 멀리 가서 돌아오는 길은

무엇이 다른가
나를 이쯤에서 돌려세우는 것의
이름은 부끄럽게도 시장기여라

어느새 불빛들이 번지듯 뻗어있고
먹장하늘이 산의 능선까지 지워버려
사뭇 두려운 감이 든다
눅눅한 풀냄새 익숙한 강물 냄새 속에
속이 쓰려오는 건 차라리 반가운 소식인가
공복의 담배를 사랑하여
강 앞에 비스듬히 고정된 한 개비의 시간을
애써 폄하하지 않는다
저마다 강을 품고 돌아가는 자들의
가슴을 함부로 읽지 않는다
흐르는 물시계는 만물에 저벅이고
나는 좀 이른 감이 드는 저녁의 시간을
어차피 건너 뛸 수 없다

강변식당

강변 부동산 사장이 퇴근하면
어둠이 강을 덮어간다
그걸 보려고
강변 식당에서
고기를 뒤집는 사람들이 있다
저 캄캄한 흐름 앞에서는
소주 세 병까지는 정당방위가 되어
그들은 취하도록 사업 얘기를 하며
강 따위는 잊어간다
그들이 옳다
강은 그렇게 접대해서 보내는 것이다
내가 밤의 강둑에서 아양 떨듯
내 시간을 강물에 뒤섞을 때
그들은 비싼 값을 치르고
내통 한번 안하고 강을 흘러보낸다
그러기에 강은 그들에게
언제나 미답지다
회를 뜨고 매운탕을 끓이는 밤에도
만 명의 처녀가 오줌을 싸며 지나가도

달빛이 그 모습을 다 비춰도
그들은 재빨리 눈길을 거두어 들이고
머리 속에서 지폐 세는 소리를 듣는다
그들이 옳다
강은 그렇게 내버려두는 것이다
우리는 생활을 얘기해야 하고
강은 우리를 돌려보내야 하는 것이다
강이 거기 있다는 것을
강변식당을 보고 알았다 하더라도
그 차이는 오차범위 안에 있을 것이다
나는 이제 기대를 줄여야 한다
나도 강변 식당에 한 자리를 차지하고 앉아
걸려오는 핸드폰을 받아야 한다
내 목소리에 취기가 실려 있어도
강의 행방을 물어오지는 않을 것이다
강이 무슨 욕설이라도 내뱉더냐고
떠보지는 않을 것이다

散調가 되기에는

참이슬이 백 원 올랐구나
깍두기는 원래 좋아하니까
음악을 좀 들어볼까 망설여지는 밤
누구를 생각한다는 건
꽤나 지치는 일이어서
파헤쳐진 복합상가 부지에
가끔 눈길 주면서
가설 담벼락 모서리에서
어김없이 우회전 하는
자동차를 거의 놓치면서
술병이 다 비기까지
아무 생각도 않으려는
내 마음이 같잖다
결국은 기껏, 한 병
더 마실 것 아니냐
오징어를 찢고
싱크대 쪽 전등을 끄는
정도 아니겠느냐
눈이라도 내리면

우스워지겠지

눈발이 굵어지면

이마를 짚어야 하나

턱을 괴어야 하나

누군가를 생각한다는 건

꽤나 지치는 일이어서

한잔 또 한잔도

마지막 잔이 되는 일이어서

想念

미열이 찾아와

커피잔을 내려놓는다

창 밖에는 스산한 바람

보름달이 방충망에 걸려있다

이 밤이 너에게도 가 있다는 건

지금 내가 해본 말이다

젊은 날 우리의 애인은

예쁘기도 했었다

밤은 왜 날마다 찾아왔느냐

술집 문이 닫힌 골목은 길었고

우리 중 한 사람은 더 가난했다

그런 걸 생각하면

말할 수 없이 쓸쓸해진다

잠이 달아난 밤에 접어두었던

옛사람의 글도 이젠 그만 펼치고 싶어진다

安貧樂道도 사람을 가리고

한 개 뿐인 술잔을 엎어놓은 지도

꽤 되었다

내게 벗이 있어

만나면 또 헤어질 터

무엇이 차고 무엇이 비어질지

가늠하기 힘들다

그러나 우리 중 한 사람은

먼저 세상을 뜨니

남은 사람이 그런 걸 기억하고

늦은 밤

창문을 닫고 돌아서리라

허기

한 끼를 든든히 먹자
나는 관대해져서
뉴스의 소란도 느긋하게 넘기고
광고가 바뀔 때마다
기대하는 바도 커져졌다

아, 배는 언제 꺼지려나
불과 어젯밤의 허기가 그립다
어제 나는 사람을 그리워하고
내 영혼은 가난의 냄새를 풍겼다
어둠 속에 더 어두운 그림자를 내려놓는
나무들을 따라 걸으며
강물을 스치는 바람소리를 들었다
밤하늘의 별들이 살아나고
먼 항구에는 돌아오는 배들이 있었다
그리고 내게는 보였다
희미한 불빛 아래
밤늦도록 홀로 앉아있는 한 여인이
갓난아이가 잠이 깨어 울 때

여인은 아이를 향해 몸을 기울였다

그렇듯 아무도 가르치지 않는 삶이

내게 실려왔다

어제 한 끼를 건너 뛴 내게

한 번 더 가난한 밤이 주어졌다

밤은 천천히 물러나고

내 허기도 지속되었었다

어젯밤 나는 먼 곳에서 돌아오고 있었다

가난한 가정을 이룬 남자로 돌아오고 있었다

영혼들

굶주림엔
추위가 따른다고 했다
그렇게,
어린 영혼들은 묻혔다

북쪽이라고 했다
산에, 산에 꽃 필 때
계곡의 물소리 흐를 때
멈춰 선 관광객 중에
이제는 커버린
남쪽의 청년도 있었다

어느 날

아이야
네가 이 세상을 뜨는구나.
너의 후손이
내가 지어준 그 이름을
마지막으로 불러보는구나

우리가 모두 죽은 자가 되는구나
영혼은 가벼워서
보이지도 않는다지만
나는 너를 찾아내
네 머리를 쓰다듬으련다
얼마나 외로웠니
얼마나 애태웠니
네가 나를 생각하던 밤에
내가 줄 수 있었던 건
오직 그 밤뿐이었다
그리고 나는 네가 부르는 소리를
밤새 듣고 있었다

아이야
이제 네가 이 세상을 뜨는구나
내 무덤 앞의 술잔이 마르는구나
나는 기필코 너를 찾아내
네 머리를 꼭 안으련다

젊은 날의 벗

첫잔이 건너오지 않는다
첫잔이 산 너머 바다 건너 강림하시니
홀로 술을 따르는 이 손이 떨려온다
오늘 마침 자정이 넘어가니
나는 격정에 휩싸여
나의 갑옷을 챙겨 입고
무사처럼 지층을 울리며 밤거리로 나섰다
주둔지의 포장마차 휘장을 걷어 올리고
시켜버렸다 참이슬 한 병과 두부구이를
좌정하고 담배연기를 피워올리니
주위가 적막하였다
그 밤을 원했었다
카바이드 불빛과 엎질러진 찌개국물
쓴 웃음과 찢어버린 시의 침묵을 원했었다
마구잡이 공격의 배후를 응시하고 싶었다
너를 방치하고 네 말을 흩날리게 하고
너를 너에게 돌아가도록 내버려두고 싶었다
너의 밤 욕지거리의 그 밤을
훼손시키고 싶지 않았다

나는 이제 이 잔을 나를 위해 따른다
이 잔이 나를 강하게 만들지는 못한다
뒷잔을 불러오고
누가 설거지를 해서 엎어놓을 따름이다

왜 나는 아는 것이냐
내 밤은 짧았다
나의 시는 나보다 길었다
너는 잘났다고 너를 방어하지 않았다
거듭 토해내고 올려다보는 밤하늘
그 맺혀오는 아롱진 별빛이
너만의 것도 아닌데
나를 돌려세우고 남은 밤을 점유하였다
너의 시는 그 뒤에 씌어지고 찢어졌던가

밤은 깊어
술병이 비었는데 술은 간 곳이 없다
나는 여전히 취하고 싶지 않은 것이다
내 뒤에 얼빠진 취객을 남겨두고 싶은 것이다

나의 갑옷은 올이 풀린 츄리닝으로 변했고
발걸음은 질질 끌린다
오늘도 나는 어쩔 수 없이 예전의 나이다
너는 아니냐
너는 이제 말이 없어지고
카드로 외박한 새벽에
산수유나무 아래 서 있느냐
훌쩍 비행기를 타고
여기가 어디냐고 묻고 싶으냐
시를 가르칠 나이가 되었느냐

젊은 날의 벗이여
일요일이면 어떠리
우리는 등산을 한 번 하자
중턱의 절터를 돌아보고
탁주 한 사발씩 따른 후
해지기 전에 헤어지자
우리의 젊은 날을
가늘게 이어가자

私說

누가 할 말을 가슴에 묻는다 했는가
가슴은 믿을 수 없다
술 한잔에도 빗장이 열리지 않느냐
땅에는 잡초가 돋아나고
강은 돌아보면 제자리이다
나의 이야기는 사적인 것이었다
나의 이야기를 진실이라는 권좌에
책봉할 권한이 내게 있는가
시간의 파편 같은,
사문화되고 기형화된 그것들을
원형대로 복원해낼 자신이 있는가
덧칠하지 않을 용기가 있는가
그래서
누가 고개라도 끄덕여주기 바라는 건가
밀려오는 공허를 감당할 수 있겠는가
아아, 말할 수 없는 것은
그렇기 때문에 온전한 것이다
그냥 두라
가슴에 두지 말고

어디에 있는지 조차 알 수 없게
원하지 않아도
그것을 묻어줄 시간은 온다
바라건대 정답게 웃으면서 온다

호텔이 있는 거리

버스에서 내려서
나는 호텔로 걸어들어 갔다
화장실에서 손을 씻으며
언젠가 여기 서서
흘러내리는 코피를
물에 씻어 보내던 나를 보았다
브랜디를 탄 커피를 앞에 놓고
나는 후배의 제안에 묵묵히 귀를 기울였다
모든 것이 낯익었다
종업원의 유니폼은 더 단순해졌지만
그것은 인체보다는 건물의 골조에 동조하고 있었다
책을 읽고 있는 자들은 여전히 외국인이었고
토마스 만을 읽고 있던 여자가
신경 쓰였던 날에 나는 거래를 마무리 지을 수 있었다
준회원제 바는 18층에 있었다
거기 맡겨둔 술이 기한 경과로 치워졌다는
통보를 받을 연락처를 나는 갖고 있지 않았다
흡연이 자유롭던 시절에
야당인지, 여당인지 이름만 떠오르는

국회의원이 앞자리의 얼굴들을
시간대별로 갈아치우는 광경을 어쩔 수 없이 보곤 했다
유선 낮방송이 대검찰청 현관 앞의
그를 비쳐주었을 때 그는 다른 웃음을 사용하고 있었다

후배는 내 웃음을 과대 해석한 듯했다
우리는 일식집을 찾아 호텔 밖으로 나왔다
뷔페를 싫어한다고 말할 배짱쯤은
아직 내게 남아있었다
나는 뒤돌아보지 않았지만
엘리베이터를 타고 꼭대기까지 올라가
백인 여자를 부르고 싶었던
어느날의 욕망을 기억해내고 있었다
원화를 집히는 대로 테이블 위로 밀고
등 뒤에서 고급 창녀가 나가는 소리를 듣고 싶었다
그렇게 깨끗한 거래를 원했다、
스위트룸의 창에서 뛰어내린 사내의 어제를 아는가
입 다문 치즈의 부패하는 고독을 아는가

후배의 제안은 내 전 재산을 요구하고 있었다
내 손을 떠나 공중에서 회전되고 있는
만기 없는 부실채권을
생각해보겠노라,
우리는 술잔을 부딪쳤다
먹어 치워지기를 기다리는 회 한조각을
건성인 듯 집으며 나는 보이지 않는
수족관의 형광등 빛을 떠올렸다
가쁜 호흡으로 흐려진 수돗물 빛이
나를 비쳐왔다
취할 때까지 나는 마셨다
취해버릴 것이다, 나는 속으로 말했다
똑바로 취한 내가
그림자처럼 지하도로 스며들어
이 거리의 원형을 보존하리라
호텔과 백화점 대형빌딩들의 이 거리,
이곳을 사랑하지 않는다는 고백을
그때는 미루고 있었다
그리고 더 비겁해진 내가

지금은 증오를 미루고 있다
그것보다, 그깟 것보다
나는 서빙에게 건넬
만 원짜리 지폐 한 장을
아까부터 주머니에서 만지작거리고 있었다
나의 습관, 나의 예의가
무뎌질까봐 나는 두려웠다

사랑했던 건

수목드라마 앞에서 리모콘 떨구듯
흔들리는 버스에서 깜박 옆 사람 어깨 빌리듯
세상을 뜨는 것도 일리가 있다고
오해 받을 일만은 아니라고

잘못 걸려온 전화 받고
소환장 연기된 피의자 되어
고해성사 미룬 냉담자 되어
잠시 넋 잃고 앉아있자니
이번에는 창 밖에 후드득 비 떨어지는 소리
들어보라고 젠장 쳐다나 보라고

못다 한 것은 없느니
미완성의 삶은 없나니
사랑했던 건 사랑하고 있는 것과 똑같아라
하지만 회의는 진행되고
예약해둔 좌석표도 유효하다고
세금고지서는 가산금이 붙고
그날은 올림픽이 끝나야 한다고

그래도 리모콘 떨어지고
어째서 나는 깨어났을까
전자파가 들끓는 화면을 끄지도 못하고
멍청히 앉아있었던 그 사내
심야버스에서 깜짝 놀라
허리를 곧추세운 바로 그 사내는
입술에 묻은 침을 남몰래 닦아냈던
나였지 않던가
거세지는 빗소리를 예사로 놓쳐도 보는
지금의 나이지 않는가

세상의 시간

밥 먹는 게 지겹구나
사는 게 배부르구나
취하면 깨어나고
깨어나면 하루구나
날이 흐린 이유를 묻지 않았거늘
뒤늦게 무엇을 한탄하자는 건가

장터의 마이크 소리
수요일이라 이르고
강가의 버드나무
가을을 알려오니
세상의 시간이
나의 시간과 다르지 않았다
내 평생 깨달음이 빈약하더니
놀라서 망연히 하늘을 올려다보매
새 몇 마리 있다가 없어지는구나

현장

현장은 넘쳐난다

흐린 전구 아래의 백지와 고문대로 이어지는

지하통로의 바로크 양식이 있고

기관총 사수의 맹목 앞에 등을 보이고 피를 뿜는

유색 인종이 있다

거주지역의 철조망 밖으로 사지가 끌려 내몰린 자는

어제 죽은 사촌의 자녀들을 부양할 의무가 없다

테러는 인터넷 게임에 편입되어

죽은 자들을 동전 한 닢으로 되살린다

미구의 전쟁에 대비한 기동훈련은

육지와 바다, 창공을 그 무대로 한다

사막의 유혈을 태양이 증언하던 시대는 지나갔다

밤의 냉기가 식혀주던 세기도 돌아오지 않는다

교황청의 눈물이 세계의 지표에 흐를 때

이미 충분한 자는 충분하고 나머지는 침묵한다

50억은 굶고 수상들의 회의 끝에 찻잔들이 치워진다

시위대는 흩어지고 청소차가 물을 뿌린다

선거가 돌아오고 정책은 이어진다

인류는 줄을 지어 지구 위를 걸어다닌다

사라지고 채워진다

성자들의 명부는 좀 더 이어진다

모든 것은 말해졌으나 피는 아직 채워지지 않았다

밤과 낮이 꼬리를 물고 지구를 동여맨다

신음소리와 사랑의 찬가가 뒤섞이고

태아는 꼬리표를 달고 죽음의 대열에 합류한다

달러를 캐기 위해 허리를 굽히는 자들 위로

미래를 先物 계약하는 무선이 엇갈린다

하늘엔 인공위성이 유영한다

중계되는 것들은 선별 재방송 된다

우리의 하루는 비공개로 마감된다

팬티를 내리는 여자 뒤로 세계의 하루가 저물고

하루치의 잠이 산 자들에게 배분된다

우리의 꿈은 쓰레기 하치장으로 수거되어

검은 연기를 피워올린다

그것은 백기보다 검다

거지 앞에서

명령해보라
사랑하라고 명령해보라
날 사랑하라
주저없이 사랑하라고

명령받은 지 오래되었다
빗물 젖은 얼굴로
그대 철문에 기대 선 지
오래되었다
나는 하나의 슬픔을 갖고 갔었다
두 개의 고독
세 개의 비참을 들고
그대의 문을 두드렸다
대답 없는 철문에 기대
세상의 빗물에 떠내려가고 있었다

오늘은 아니다
내일은,
아, 내일도 아니다

나는 그때 그대를 잊었다
신은 나를 사랑하지 않았다
그때 나는 나를 사랑하지 않았다
나의 영혼은 거리에서 거래되었다

그러므로 내가 그대에게 말한다
나를 잊으시라고 나를 버려두라고
오늘도 내일도 나를 내치시라고

나만을 사랑하는 신은 없다
그 대답을 듣고
한 사람의 거지 앞에 설 때
나는 말한다
그대는 와도 좋고 안 와도 좋다
신이 자리를 비켜줄 때
그때 내 눈에
신이 머물렀던 자리가 보여도 좋다
거지의 자리보다 더 낮은 자리가
보이지 않아도 좋다

동전 떨어지는 소리가
내 귀에 들리는 아직은
나는 나를 사랑하고 있지 않은 것이다

2부 독백

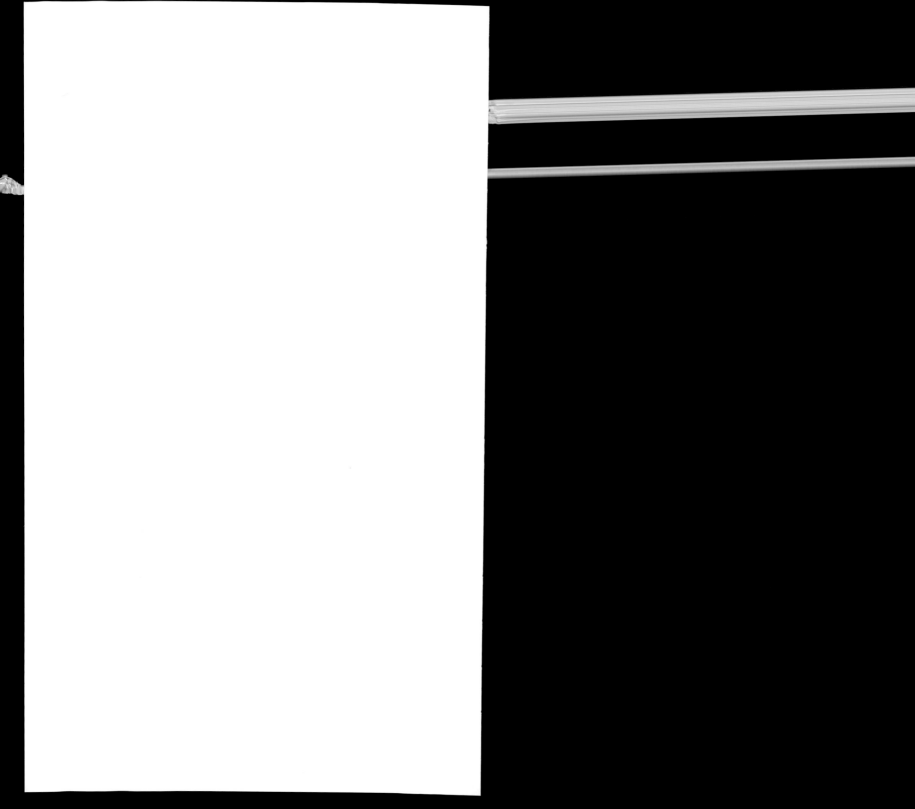

사실은 더 비참하다

사실은 더 비참하다
비굴해질 수는 없으니까 비참한 감정을 좀 품고 있다가
쓸쓸한 느낌으로 농도가 묽어지기를 기다린다
마음의 그늘이 넓어지면 그때는 내가 내 속에 앉아
쉬고 있는 느낌도 든다
누구를 불러 앉혀 이야기를 나눌 형편은 못되고
와자지껄 떠드는 아이들 소리라도 들려오면
미소가 만들어지기도 한다
어느덧 두부장사의 종소리는 저녁의 냄새를 불러오고
자리를 툭툭 털고 일어나 아는 사람의 식탁에
천연덕스럽게 앉아있고 싶어진다
술을 한 잔 얻어 마시면
턱없는 얘기에도 맞장구를 치다가
돌아올 땐 다리가 아플 때까지 걸어도 좋을 것이다
집에선 없는 일이 밖에선 있는 법이니까
그러려니 하고 팔깍지 끼고 누워 있다가
새삼 분한 마음이 일어나면 모로도 누워보는 것이다

선배를 보내고

핸드폰을 끄면
누구의 부음도 들려오지 않는다

시장 어귀 선술집을 나선 체육복 청년이
화난 얼굴로 지나간다
지나간다
현금지급기에서 빠져나온
헌 지폐 냄새를 풍기며
파머머리 아주머니가
스킨 스쿠버 복장을 한
근육질의 노인이
정류장엔 수술대들이
재촉하지 않고 대기하고 있다

나는 이제
지하도의 차가운 계단을
내려가고자 한다
맞은편,
두 블록만 올라가면

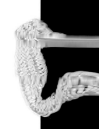

내가 아는 사람이 있다
언젠가
손두부 한 모를 내 손에 쥐어주던
초로의 신문가판대 남자

배회

날이 한꺼번에 어두워졌다
아이들 떠드는 소리 그치니
자동차 소리만 끝이 없다

어렵게 뜬 몇 개의 별들 아래
나무들의 그림자 짙어지고
아파트 후문 담벼락 따라
늙은 개 한 마리
꼬리를 내리고 걷고 있다

저 높이
가난한 가장의 식탁 위에 떨어진
백열등 불빛
어느 집 베란다인가
걷지 않은 속옷들의
살 냄새가 내려온다

나는 저 개인가
빈속에 고이는 어둠

갈 곳이 없는가

24시 김밥집

24 시 김밥집도

아침은 시작이언가

갓 끓인 순두부백반에서

김이 오른다

여럿의 혼자는 혼자가 아닐 수도

어떤 시간들이 저들의 손을 잡고

이리로 와 한사코 숟가락을 쥐어주는지

어떤 길들이 저들을 일으켜

뿔뿔이 흩어지게 하는지

새벽의 뜬 눈과 한낮의 미몽에 바쳐지는

나의 한 끼가 슬그머니 끼어있어도

저들의 식탁은 오롯하고

閑談이 생략된 실내엔

아침 햇살의 그늘이 다스리는

혼자가 아닌 정적이 있다

그 木版畵의 아침을 떠메고

24 시 김밥집도

김을 내뿜으며 출발하는가

거리의 시

나는 아무것도 아니구나
나는 그걸 분명히 느낀다
파자마 끝을 양말 속에 쑤셔넣고
거리로 나설 때
여자가 지나가고
내 몸도 건물들 밑을 옮겨다닐 때
이 오그라든 몸뚱어리 어디에
숭고함이 남아있다는 것인가
담뱃갑의 비닐을 뜯는
나의 꼬부라진 손가락을 내가 보고
앉아서도 바쁜 승용차 안의 사람들은
기어이 어디로 가는데
나는 한 블록을 다 못가
몇 번이고 기침을 한다
아아, 더없이 초라한 나의 몰골
그것을 느끼는 나의 정신에 진실이 있구나
진실아, 너만은 초라함을 모르거라
이 거리에서 오늘은 나도 하찮은 것이 되어
바람에 굴러가는 빵봉지보다 더 속없는 허깨비가 되어

삼백 미터 밖에 있는 천 원짜리 만두를 사러 간다

나는 말하지 않으려 했다

못난 시인이라고 어찌 꺽꺽거리는 소리를 내겠는가

그러나 지금은 변명하는 내 목소리가 더 듣기 싫구나

나는 덜덜 부딪쳐오는 내 이빨소리를 들으며

엄습해오는 어떤 감정에 휩싸였던 것이다

진실은 내가 만드는 게 아니라는 것까지 알아버렸던 것이다

그런 후에 이 혹한 속에

이러한 감정을 느낄 시간과 공간도 없이

굶주린 채 버려져 있는 자들이 생각나

나는 그만 뺨을 적셔버렸다

소매로 눈물을 훔치면서 나는 걸어갔다

나 혼자 먹으려고

뜨거운 솥뚜껑 속 열 개짜리 만두를 사러 갔다

친구야

우리는 길에서 만났다
각자의 주머니 속 지폐를 만지며
술집 문을 밀었다

반복되는 것이 너를 괴롭혔다
반복되는 월급의 상한선이
반복되는 타향의 밤이
너를 마비되는 고통 속으로 몰아붙였다
반복되는 밥
주기적인 술에의 갈증도 너를 괴롭혔다

술이 희망을 채색하던 시기도 지나갔다
고기를 한 번 굽기 위해
일주일을 망설였던 시간을
네가 먼저 털어놓지는 못했다
지나가는 시간은
지나갔기 때문에 위안이 되었다
다가오는 시간이란 게 있던가?
결제와 지불과 송금의 시간,

120만 원이 짜개지는 그 시간을 위해
보내야 할 한달은 있었다
밤 열시에 마감되는
비정규직의 하루는 있었다
그 돈으로 식구가 먹고 산다고
그 돈을 남겨 담배개비를 센다고
네 눈이 말해왔을 때
나는 화장실에 가서 울었다

이 술자리를 위해
너는 한달을 기다렸던 것이다
이 두 시간, 두 병의 소주를 위해
그 망할 놈의 한달이 지나갔던 것이다
하지도 못할 말
잠꼬대로나 새어나올 그 말도 잊어버리고
너는 찌개그릇을 헤집고 있었다

커피 두 잔을 뽑아서
뒤뚱거리며 걸어오는 내 친구를

나는 꿈속인 것처럼 보고 있었다

염치

흐린 하늘에 해가 떠
소반의 밥알이 다 드러난다
염치없이 김치 속이 붉어온다

혼자 먹는 늦은 아침
목이 메어
숟가락을 내려 놓는다

물을 마시고 좀 걷자
고개 너머 있다는
성당을 끼고 한바퀴 돌아
봄이 어디어디 왔나 살펴보자

過用

백화점에서

전문음식점에서

모두가 쳐다보는 아이

티 없이 웃고 있는 그 얼굴 뒤에

세련된 엄마,

의기양양 고개를 세우고 있다

따뜻한 모유 한 가슴

추위를 가려줄 의복

애잔한 엄마의 눈동자 어디 가고

상표를 먹고 상표를 입고

상표를 갖고 노는 값비싼 아이,

하늘 아래 하나인

특별한 아이가

엄마의 상표인 양 진열되어 있다

백만 원 이하 상품이 되어가고 있다

나는 아무도 모르게

그 아이를 꼭 끌어안고 싶다

무의식 속에

남루한 기억 하나를 감춰놓고 싶다

내 빈주머니의 過用마저

용서받고 싶다

기억

밀레니엄이 개막된 건 분명한데
계절은 겨울이라 하자
사무실 인근 식당에
작업복 청년이 들어와
벽메뉴를 보고 얼굴을 붉히며 돌아섰다
- 정식 6,000원 굴비정식 7,000원
그때 나는 가슴이 저려왔다

오늘 내가 값을 밝히기 뭐한
백반 한 상과
물컵에 따라 마시는 일병 2000원의 소주는
오직 주인의 배려라고 봐야 한다

어떤 不在

흥얼거리듯 지각하는 나의 곁에서
정시출근 잔업근무 했던 나의 동기 P차장
지방대학을 졸업한 그의 성실성은 인정받지 못했다
영업실적이 목표치에 못 미치는 그 많은 날
그는 술자리를 피해 집으로 돌아갔다
종일 피어오르는 내 담배연기를 견디고
일과 후의 바둑판 뒤에서
훈수도 없이 서있었던 그는
7년 전, 죽었다는 누구의 말 한 마디로 정리되었다

가끔은 그의 부재가 이상하다
그가 올린 실적은 누계에 반영돼
업계의 통계연감에 보존되어 있지만
실로 그는 무엇을 남겼던가
가족을 남기고 약간의 재산과 부채를 남기고
내게도 몇 가닥의 기억을 남겼다
김치찌개 먹자는 그를 설렁탕집으로 돌려세우고
그의 휴가기간에 걸려온 전화를
무뚝뚝하게 받던 것이며

새로 발령받은 지점의 구석자리, 그의 부스에 기대어
몇 마디 주고받았던 것이 떠오른다
살아있다면 나는 그가 어디 조그마한 사무실에서
책상 하나를 차지하고 있을 것으로 믿는다
약간 모자라는 실적 때문에 평균치 이하의 임금을 받고
퇴근 후 무슨 자격증 시험문제집이 든
서류가방을 끼고 야간학원으로 걸어가고 있으리라
지금도 그가 약간은 만만하다
세트메뉴의 호프집에서 다리를 꼬고 앉아
심드렁한 얼굴로 묻고 싶다
돈 좀 벌었냐고

사라진 詩句

지금 같으면

밥만 먹고 살면

세상이 날 용납한다는 얘긴데

축의금 명단에 오르고

동창회에 나가 이차까지만 가면

나는 건재하다는 얘긴데

심야 시사토론을 켜두고

지지하는 정당이 아직 있다면

여전하다는 얘긴데

한 조각 햇살에도 어질어질해지는 건

아스피린 남용을 따져볼 일이고

때때로 말을 잃어버리는 건

바이오리듬을 체크해볼 일이며

길거리에 우두커니 서있는 건

뒤통수를 얻어맞으면 될 일이다

그런데 어이해서 그런가

생산과 소비의 시간에

사랑하는 남녀가 신호를 보내고 있을 시간에

경청하는 자세라도 취하면 안 되는가

그 시간에 시를 한 구 떠올렸다 지웠다면
참으로 발칙하구나
정신보호 대상자 아니냐
만 겹의 꽃잎을 누가 세며
눈 만 송이를 누가 헤아리랴
보태면 뭐하며 지우면 뭐하냐
텔레비전에 나오냐 문자로 뜨냐
벽돌 한 장 김밥 한 줄에도
땀과 온기가 있거늘
사라진 시 한 구에는 짬뽕국물도 없구나
파리 한 마리 불러들이지 못하는구나
똥이 되어 거름으로 쓰지도 못하니
잡초의 초대도 기대할 바 없구나
광고는 잔상을 남기고
마누라의 잔소리조차 설움을 남기거늘
사라진 시구는 대체 어찌 된 거냐
하루를 다 잡아먹고 거친 수염만 남기니
무슨 낯으로 저녁식탁을 대하나

뗏목

최소한의 것이 필요하다

결국은 뒤집히거나

누운 채로 목이 타들어갈지 모르겠지만

뗏목 없이는 파도에 내 몸을 실을 수가 없다

망망대해라지만 물에 떠있기는 해야 한다

요트가 지나가고 여객선의 갑판이 보이고

낡았지만 노가 달린 나룻배도 앞서가고

그물을 끌어당기는 어선에서는

펄떡이는 비린내도 풍겨오지만

나는 나의 뗏목에 의지해

하루를 가고 한달을 가고 십년이라도 가야 한다

식구들을 싣고 가야 한다

이불깃을 찢어 돛대에 매달고 짧은 낚싯대 드리우고

동풍이 불면 동쪽으로 서풍이 불면 서쪽으로

지나가는 배에 손 흔들어주고

뗏목을 만나면 물물교환이라도 하며 쉴 새 없이 가야 한다

요트는 몰라도 어선과 여객선은 타본 바 있어

분주한 생업이나 한가한 유람에 어찌 미련 없겠냐만은

지금은 뗏목의 밧줄을 튼튼히 할 때

맨손으로 물살을 가를 때

태양은 하나이고 공기는 무한하며

작은 물고기나마 자주 낚시에 걸리니

지금 만족하지 않으면 행복이 갑절로 찾아오겠는가

지금 만족하고 나중에 또 행복하자 하면 지나친 욕심인가

뗏목도 황금어장 만날 날 있으려니 그때 욕심을 줄이리라

그러나 뗏목조차 파손되어 매달려가는 사람들 있어

서로의 이름을 삼키며 멀어져가는 사람들 있어

나의 항해가 마냥 기쁠 수만은 없으니

때로는 낯빛을 꾸며야 하리

한껏 팔을 놀려 다가갈 수 있다면

잡을 수 없는 손 내밀 때 꺼져가는 웃음기라도 보리

슬프고 자그마한 나의 뗏목이여

우리가 만들어 우리를 싣고 가는 끝없는 뗏목 떼여

우리가 이 망망대해를 펼치면서 가자

태양과 파도와 비바람을 싣고 수평선까지 밀어붙이자

대해의 항로를 우리가 쓰자

빌딩근무

여기에 나무를 심을 수 없다는 것을 안다
입주한 사무실의 개업식에
화환이 들어오겠지만
바닥이 흙이 아니라는 것을 안다
여기에 시냇물이 흘러가지 못한다는 것을 안다
층층마다 변기의 물이 고이고
수돗물에 대걸레를 빨 수 있겠지만
징검다리를 놓을 수 없다는 것을 안다
여기에 새들이 날아오지 않는다는 것을 안다
산수화 몇 점 벽에 걸려있어
몇십 년째 앉아있는 있는 새도 있다지만
창공으로 날려보낼 수 없다는 것을 안다
여기는 빌딩이고 수백대의 컴퓨터가 전기에
탯줄을 달고 정보를 흘러보내며
클릭 한 번으로 자본을 뉴욕까지 이동시킨다
클릭 한 번으로 나무 곁에 오클라호마 호수를
깔아놓을 수 있고
세계의 강을 수시로 바다에 닿게 할 수 있다
우주의 공간으로 새를 솟구치게 할 수도 있다

기지개를 켜는 짧은 휴식 시간이면

컬러로 편집된 대자연을 뇌 속에 저장할 수 있다

다만 향기가 없고 그늘을 보내오지 않을 뿐이다

물소리가 흐르지 않고 햇살이 부서지지 않을 뿐이다

날갯짓이 들리지 않고 하늘이 나아가지 않을 뿐이다

어쩔 수 없다 그 정도는 감수해야 한다

여기는 빌딩이기 때문이다

일요일이면 이 고층빌딩도 텅텅 비고

사무원들 중엔 산이나 들이나 강가에 있는 자들도 있다

돈을 벌기 때문에 소문난 식당에서

몇 가지 음식을 맛볼 수 있다

돌아오는 길이 막히긴 해도

자동차 안에서 바라보는 노을은 특별 후식 같은 것이다

월요일이면 지하주차장이 다 차고

아침 아홉시엔 커피가 식어있다

오전까지는 가슴에 잎사귀가 피는 사람

혈관이 맑아 있는 사람

생각을 멀리 띄우는 사람들이 시침 떼며 근무에 열중한다

남은 기간은 윙윙 소리가 날 정도로 바쁘고

토요 휴무가 대세니까 자동차에 기름만 넣어주면
싱싱한 자연은 다음 주에도
특급으로 눈앞에 대령하게 되어있다
빌딩에 근무하면 이런 식으로
십년이 가기도 하고 이십년이 가기도 한다
그리고 발치에 자연이 널려있을 때면
퇴직이라는 절차를 밟은 뒤다
그때는 자연이 운명론적인 위안을 주긴 하지만
더 이상 특산품 같은 느낌은 없다
그러니까 빌딩에 근무할 때
각종 특산물을 자주 맛보는 것이 좋다
이는 식당의 홍보문구와도 상통하는 바가 있다
빌딩에서 근무하는 엄청난 머릿수를 생각하면
머릿수에 딸린 식구를 곱해보고
그들의 고된 지적 노동까지 감안하면
자연도 좀 더 겸손해질 필요가 있다

쓸쓸한 여인

나는 네 쓸쓸함을 세 번 모른다고 했다
쓸쓸함이라고 내가 들었다면
지금 와서 다른 말을 떠올릴 수는 없는 것이다
오늘밤 나의 침묵은 네 쓸쓸함을
지나치게 존중했던 것 일 수도
아니면 오래된 예의의 한 형태였을 것이다
보라, 여인이여
그대가 두고 떠난 광화문의 밤거리를 보라
어젯밤, 타인의 그 거리
내가 설명하지 않은 십년 전의 거리를 보라
쓸쓸한 여인이여
그대의 쓸쓸함에서 그 거리를 빼보라
나는 아무렇지 않고 싶었다
그대가 떠난 거리는
그대가 아직 오지 않았던 그 거리였다
오늘밤 그대의 쓸쓸함은
테이블 건너, 적어도
내 술잔과는 떨어져 있었다
그러기에 외면할 수 없는 그 간격을

더 늘리지도 못하고

나는 돌아섰다

쓸쓸한 여인이여

쓸쓸했던 여인이여

보라, 자칫 쓸쓸해질 뻔 했던

파한 밤을 보라

사람 곁에 있는 밤을 보라

여인이여, 지금 와서

나는 모른다고 하고 싶은 쓸쓸함을

하나 얻고 싶어졌다

굳이 나의 쓸쓸함이 아니어도 좋은

이제는 그대의 것이 아니어도 좋은

세상이 버린 쓸쓸함을

적외선이 되어 통과하고 싶은 것이다

그런데 쓸쓸한 여인이여

이 시간에 웬 눈이 흩날려

나의 바람을 덮어가고 있다

이 눈이 어디에서 오는지 물을 데가 없어지고 있다

연인

우리는 도망을 가자
공항의 출국장을 보통 걸음으로 통과하자
서울은 정다웠다
비열했던 시간들은 짧았다
그러나 어디서 낯선 풍물의 거리가
울부짖듯 우리를 부르는 소리가 들린다
아니다, 나의 짓눌린 울부짖음을
낯선 고요 속에 묻어버리고 싶은 것이다
그곳에 붉은 태양이, 뺨에 묻어오는 굵은 모래가 있어
우리가 밤을 불러 거두어가리라
내 곁에 네가 있어 기대오는 머리를 느끼리라
너무 많은 것이 서울에 있어
우리는 일순간에 잊어버려야 한다
지하도를 한참 지나 횡단보도가 있는 서울의 거리
우리가 빠져나간 거리의 한 모퉁이를
무가지가 덮어야 한다
극장의 간판은 맞은편을 보고 있어야 한다

우리는 도망가자

해변의 바닷바람에 잠을 깨자

늦은 아침에

상표가 의심스러운 커피를 마시고

국도의 표지판이 오후의 햇빛에 바래게 버려두자

우리는 돌아가지 말자

우리는 길가에 앉아서 죽어가자

살아있을 때 죽어가자

얼어가는 대지에

룰렛판이 멈추듯
계절은 돌아와
지금은 겨울밤
눈이 얼고 있다

그 해도 여름은 아니었다
이른 추위를 뚫고 왔던
노을을 감고 왔던,
저물녘의 그 이름이
나는 궁금했었다
그 뒤에 외투를 입은 방문객이 왔었다

이제는 그 이름이 어떻게 오는지 나는 안다
그것은 그냥 온다
면역력이 떨어진
자생력 없는 대지에
불가능한 프로펠러 소리를 내며 내려와
얼음가루를 공중으로 쓸어 올린다
여기 한 사람 망연해져 탑승을 망설이는데

그 시간이 길어 불을 끄고 앉아 있곤 했다

눈은 사흘 후에 화단 쪽으로 몰릴 것이다
깨끗해진 거리에
사람들이 자주 눈에 띄어
굴 장수가 포터에 몸을 기대고 있을 것이다
그 외에는 지금 나는 아는 것이 없다

내 친구 이야기

박 영감은 내 친구인데

바둑은 석 점 붙이고도

시간은 혼자 다 잡아먹었다

한때는 애절한 바람이 나서

알리바이 만들어 주느라 피곤하였다

이북 출신의 중도 우파로서

중하층의 소비지향주의자다

우리는 가끔 만났지만

돈 거래는 하지 않았다

우리는 보슬비 내리던 봄밤

포장마차에서 부딪쳤다

내 친구는 나보다 스무 살이 많았지만

77년도의 내 아버지보다는 겨우 세 살이 많았다

훗날 나이트클럽에 같이 갔을 땐

부킹하기가 만만치 않았다

등산하고 내려와서는

1.4 후퇴 때 얘기가 나오는데

진짜로 눈이 내려서

나는 가끔 창밖을 내다보곤 했다

어느 날은 부도를 낸 아들놈이

내 등골까지 파먹으려 든다고

고개를 한참 꺾고 있어

나는 24평 연립주택의 등기부에

설정을 해놓으라고 충고해 주었다

한동안 뜸하더니

취직을 했다는 연락이 왔다

월 80만 원에 의료보험이 된다고 했다

혈압이 올라가서 술을 자제하고 있다고 덧붙였다

나는 언제 바둑이나 한 수 하자고 말했는데

그 전화가 우리의 마지막이었다

내 친구의 휴대폰이 불통이 된 것은

내 휴대폰이 침묵하기 전의 일이었다

생각해보니 우리는 즐거운 시간을 함께 보냈었다

그리고 지금은 새삼스럽게

내 친구의 나이가 떠오르기도 한다

하오의 旅程

백화점 사은품 법랑냄비를 끼고
500cc에 코를 박은 저 남자는
불철주야 보험설계사의 남편이다
집으로 가는 길이 하 지루해
그는 휴식을 요청했다
무안주의 남자를 배경으로
여주인은 팔짱을 끼고 먼 하늘을 바라본다
경기슈퍼 앞 다가구주택 옥상,
빨랫줄에 걸린 남자의 반바지 위로
느릿느릿 구름이 흘러간다

500cc가 천천히 비워져간다
구석에서 30억 부도의 주인공이
추가안주로 대구포를 외친다
먼 하늘이 팔짱을 푼다
골목에서 골목으로
쥐를 쫓는 고양이가 포기하고 돌아서는 곳
옥상 대문을 노크해본 검은 양복이
지금 막 지나간다

다음 수배자를 호출하는

추심원의 핸드폰에서 불꽃이 튄다

은행 마감시간을 알리는 사이렌이 울리고

해가 기우뚱 빌딩에 걸린다

아내의 티타임이 길어지는 하오

남자는 방 두 칸의 지렛대 어디쯤

법랑냄비 자리를 봐 두었다

부스스

새우깡 부스러기 떨어진

바지가 일어선다

獨白

예수는 말한다
네 아파트를 팔아 이웃에게 나눠줘라
아파트는 보다 장중하게 말한다
貧者여
돼지갈비에 소주를 곁들이지 마라

나는 보았다
시내버스에서 공원에서
빌딩의 그늘에서,
밥집에서 시장에서
육인용 병실에서,
간밤에 말라버린 눈물자국과
목구멍에 얼어붙은 한숨과
맞대고 앉은 마른 궁둥이들을 보았다

나는 또 보았다
자상한 정치가와
먼 안목의 행정가와
자본의 집행자들이

사위, 며느리, 손주들과 함께
불 밝힌 대형식당의 유리창에 떠오르는 것을
대기하고 있는 검은 차와
강남대로의 신호등불이 차례차례 켜지는 것을

또 나는 보았다
거리를 가득 메운 무표정의 선거권자들과
핸드폰이 한쪽 뺨에 붙어버린
핸드폰이 손가락에 붙어버린 진화된 포유동물들을
위산을 게워내는 쪽방의 어린 창녀와
어딘가로 우우 몰려가는 삼삼오오 여인들을
옥외전광판의 숨 가쁜 상품들과
도살된 가축들이 쌓여있는 창고의 진창을

그리하여 나는 보았다
술집의 탁자에 엎힌 몽매한 시인의 얼굴을
굳어버린 혀와 허약한 가슴을
정신의 칼날을 받치고 있는
일상의 평온한 기반을

급조된 슬픔과
좌절의 투망에 투항하는 부박한 영혼을
그것들이 한 잔의 술에 차오르는
마시고 뜬금없이 웃어보는
자조 섞인 허영의 시간에 나는 동참한다
내가 가진 모든 것에 비겁을 추가한다
노회한 면죄부를 추가한다

예수를 생각하는 시간이 찾아왔다
죽기 전에 너무 일찍 찾아왔다
제가 이 잔을 받으오리까?

테러의 시간

이라크의 자살폭탄테러는
현지 시간 세 시간 전 또는 일주일 전
뉴스는 사건보다 늦었고
사건은 편집되어 있었다
산 자들은 흩어졌고
사상자들은 총계로 집계되었다
불길이 잡힌 건물의 잔해에서
시커먼 연기가 피어오르고
사막의 모래바람이 배경을 뒤덮고 있었다
울부짖는 늙은 여인 곁엔
겁먹은 아이의 얼굴이 배치되어 있었다
카메라는 그 비극의 낡은 문법을
풀숏으로 처리해 효과를 배가시켰다
미군의 유해는 본국으로 송환되고
민간인에겐 고향의 땅이 배정되었다
테러리스트의 사체는 규정처리 되지 않았다
저항군들은 그의 이름을 성전의 깃발에 새겨 넣고
위대한 전사의 영혼 아래 매복하였다
죽음은 다시 시작이고 시작은 다시 죽음인

바그다드의 거리, 거리에서, 바그다드의 외곽에서
저항군들은 피 냄새가 섞인
시간의 적막한 발자국 소리를 듣고 있었다
더러는 영원까지 듣고 있었다
문명의 기원에서 멸망과 재건의 터 위에서
코란의 무거운 침묵이 짓누르는 밤하늘 아래
살점이 흩어진 주검은 소속을 말해오지 않았다
그들이 모두 죽은 자의 편이 되어 있었다

채널을 돌리면 여기는 주말드라마
거역할 수 없는 사랑과 이별, 자본의 율법에
마비된 심장의 피가 순환하고
움츠린 성기가 일어선다
발기하라, 살아남은 자의 장엄한 항거를 제시하고
폐허의 대지에 기름보다 뜨거운
여인의 샘을 추구하라
마르지 않는 생명의 원천을 내뿜어라
나는 이국의 여인을 껴안고
찢어진 밤의 융단에

우리의 벌거벗은 몸을 눕히려니
추워하는 영혼을 제단에 올리려니
역사의 채널을 점거한 포식자들에게
갓 태어난 아이를 치켜들고
원죄의 울음소리를 중계하려니
내일의 테러와 시신의 언덕을 넘는
전차의 전진 앞에
우리의 얼어붙은 눈동자를 방기하리라
우리를 찢어발기고 우리를 깔아뭉개라
우리는 공개처형을 원하고
판결문을 바람에 띄울 것이다
파도에 싣고 하늘에 뿌릴 것이다
점점의 핏방울을 흩날릴 것이다
바란다면 우리는 영원히
존재하지 않았던 이름이 될 것이다
세계시장의 재편을 위해 고상한 정치를 위해
60억을 주관하는 신의 권위를 위해

맛나 치킨 개업하다

그대는 젊도다

사방팔방 팔다리는 격렬, 우아하도다

허리는 좌에서 우로

우에서 좌로 회전하는도다

랩인가 하도다

그대 붉은 정열의 입술이

마이크를 통해 음을 증폭시키는도다

짧은 치마 아래

두 허벅지는 살이 올랐도다

춤추는 대웅전 기둥의 니스광택이로다

얼굴은 볕에 그을리고

황금 머리카락이 번갈아 뺨을 가리는도다

그대 맛나 치킨 오픈을 기념하는도다

오색풍선이 미풍에 살랑거리고

골목은 잔치 분위기로다

아이들이 뛰어놀고

처녀는 애인의 팔을 잡아당기는도다

복덕방 할아범은 의자를 놓고 부채를 부치는도다

그대, 한번은 선심 쓰듯 미소를 날렸도다

하얀 치아가 햇살에 드러났도다

뒤로 돌아서서 엉덩이도 가볍게 떨었도다

또한 허리를 틀어 옆구리에도

삐져나올 살이 있음을 증명하였도다

겨드랑이의 털은 땀에 젖어 번쩍하였도다

배꼽은 줄창 열려있어 신성한 기운이

뿜어져 나왔도다

이마는 서늘하고 눈동자는 자비로왔도다

그대, 맛나 치킨 오픈을 축하하도다

사랑을 고백할 땐

그대와 같이 하여야 하는도다

구세주가 왔을 때도

그대가 앞장서야 하는도다

통장 유세가 시작되는 그날에도

그대가 빠질 수는 없도다

꽹가리 들고 북채 들고

우리가 그대 뒤를 따르는도다

그대는 큰 나팔을 불어야 하는도다

시끌벅적 자는 사람 다 깨워야 하는도다

골목 유사 이래 난리가 나야 하는도다

3부 신비

확고한 움직임

이 세계의 질서에
강자의 패권에 편입되지 않는
확고한 움직임을
나는 너의
뜻 없는 분주함 속에서 보았다
아가야

여름날의 공원

해가 남아있는
여름날의 공원
팔랑개비 부지런히 돌아가고
오토바이의 솜사탕 저 홀로 부풀어 오르는데
선글라스 아저씨 바짓단 접고
땀 흘리며 서 있다
정신없이 뛰어다니는 아이들의 함성 높아가고
구립경로당 지붕 위로 날아오르는
비둘기들의 날갯짓 힘차다

노인들은 그늘에 모여 있다
누가 저들에게 원색의 옷을 입혀
나무 밑에 앉혀놓았다
한 무리의 십대들이 횡렬로 지나가고
유모차를 끌고 나온 젊은 여인의 맨가슴에서
쉰 젖내가 풍겨온다
그리고 혼자 노는 한 아이가
이따금 고개를 들어 멀리도 바라본다

죄 가벼운 자들의 심장 주머니가 환한

여름날의 공원

모두에게 뭔가를 조금씩 나눠주고 있는

하오의 손길이 바쁘다

풍경

포대기로 아이를 들쳐 멘
젊은 엄마,
버스정류장에서 발뒤꿈치를 든다
한 손에 보따리
한 손에 교통카드 든 지갑 있구나
저물녘의 바람이 차
아가는 엄마 등에 뺨을 붙이고
담배를 문 남자는
저만치 떨어져서 선다
착한 곳으로 가는 버스는
걸음도 느려
추수가 끝난 너른 들판이
어두워지려 한다

斷想

꽃 지니
꽃 보던 그 눈길
다 어디로 갔는가
한 송이 꽃이
천 송이로 되 피고
한 줄기 향기
봄밤을 가득 메우더니
빈 가지만 남아
전등 빛에 앙상하다
차라리
絶海孤島 절벽에
홀로 피었다 지면
누구는 꿈에 보았다 하리

서울 느와르

통조림 저녁을 먹고
조깅을 끝낸 남자가
홍콩의 웨스턴 바로 들어선다
검은 선글라스의 여자가
마티니 앞에서 어둡다
조금 있으니 권총이 불을 뿜고
가죽잠바가 쓰러진다
여자는 미동도 않고
마티니 앞에서 어둡다
조깅 후에 사람을 해치운 남자가
밤거리를 롱숏으로 멀어져간다
눈에 헛것이 끼었나
자막에 빗줄기가 빽빽하다

나는 풀이 죽었다
냉혹한 스타일리스트의 미학에
밤의 선글라스와
차가운 권총의 비애에
음악이 빗금 긋는 빗줄기에

뭘 모르는 B급 시인이
극장 밖 시장골목으로 퇴장당해
오뎅 국물에 소주를 홀쩍인다
주모가 너그럽지 못하고
골이 난 사람처럼
시끄럽게 설거지를 하고 있다
내 비장한 모습이
여차하면 권총을 뽑을 자세로
'축 발전' 거울 속에 들어앉아 있다
가히 통조림 속의 한 끼 식사라
부를 만하다

빗물

와이퍼로 지우는
빗물이 흐른다
언제나 오고 있는
사선으로 와
물방울 되어
다시 빗물로 흘러내리는

오고 있는 사람이여
오고, 오고 있는 사람이여
그대는 이미 젖어있어
그대 자신을 적시지는 못한다
낮은 곳에서 몸을 불려
회오리치며 흘러가는
흙탕물 되어 거세게 흘러가는

그대는 나를 지나갔는가
흘러가는 저 소리는 나를 떠나갔는가
그러나 오고 있는 사람이여
내게 와 나를 뚫고

세상 속으로 흘러가는 그대는

오고, 오고 있는 사람이여

안개 속으로

거리에 안개가 자욱하다

어느 날 아침

세상을 뒤엎은 폭설처럼

자고 일어나서 바라보는 안개는 실재적이다

조금 놀라고 천천히 수긍하면서

나는 안개 속으로 걸어들어 간다

세상은 몇 겹의 내부가 있다는 듯

뿌옇게 물러서고 있다

나는 원했던 것 같다

나는 길을 잃고

한 마리의 들개처럼

신작로 갓길을 걸어가

멀어지고 싶었던 것 같다

석쇠에 생선 굽는 냄새를 맡으며

굶주리고 싶었던 것 같다

맨발로 머리를 들어

실핏줄 얽힌 눈으로 뒤돌아보면

집은 안개에 묻혀 희미해져

나는 이 길 따라

머언 곳

너른 벌판의 끝

바위산을 오르고 싶었던 것 같다

토큰 한 개 챙겨 들어선

안개는 실재적이다

나는 안개에 승차하고

안개의 손잡이를 잡는다

차창에 달라붙는 생의 축축한 내음을 맡으며

살아가야 했던 이유가 근사한 그곳에서

무례하게, 늙은 몸이 하차하여야 한다

不在의 存在

시의 이름으로
거절했던 것들이 돌아오는 밤은 있다
어두운 욕망의 서걱거림과
사소한 음모의 속삭임이 들려오는 밤은 있다
전철의 손잡이에 매달려
사무실의 일인용 의자에 걸터앉아
어리석은 귀가의 외등 아래
침처럼 흘러내리던 일상의 독백이
다시 메아리치는 밤은 있다

계절의 편차를 견디던 힘이
부적응이었음을 수긍하는 밤은 있다
나를 찾던 무선음성들이
떠나간 여자의 수천의 눈빛이
우연이었음을 입증하는 밤은 있다
계약서의 도장을 찍으며
편도열차의 차표를 만지작거리며
웃으면서 들어선 동창회 모임의 끝자리가
그 뒤죽박죽의 시간이

다시 순서를 잃는 밤은 있다

오늘의 바람이 불어가는
미래의 풍경에
나였던 자가 투영되는 밤은 있다
아직 오지 않은 날들
그것은 대기하고 있는 것도
걸어가고 있는 자의 포획물도 아닌
'부재'라는 이름의 '존재'
부재의 나는 동원된 인부로
바통을 떨어뜨린 주자로
손전등에 비친 수배자로

짓눌러오는 무거운 밤
모든 것을 부정해도
여전히 내가 남아있는 밤은 있다

다리를 지나며

죽은 남자가
여기 서 있었던 밤에 대해
들은 바가 없다
그 밤은 존재했었던 밤이었다
모두에게 공평했던 밤이었다

그날 밤
난간에서 뛰어내린 남자는
곧장 강물에 휩쓸렸다
가라앉으며 기도가 막혔다

남자는 빚이 있었다
아나운서의 진단이 사람들을 안심시켰다
채무자들은 공통점을 발견하지 못했다
죽음이 그들을 분리시켰다

난간 아래
밤의 강물은 더러움을 감추고 있다
시신을 강둑으로 뱉어낸 강물은

아파트 사이를 유유히 빠져나가

그 자리를 빈틈없는 강물로

차오르게 한다

비의 시간

언제부터인지 비가 내린다
지붕들, 나무들, 대지는
무심히 빗물에 젖는다
그대가 잠에서 깨어나
창가에 서 있는 건 그대의 일
아랑곳없는 광막한 밤은
산맥과 바다에까지 열려있다
잃어버린 신화의 한 대목이
어슬렁거리거나
비늘을 뛴 채 솟구쳐도
그건 그대의 일
모든 노래를 포획하고 돌려보내는
지금은 비의 시간
지붕들, 나무들, 대지는
무심히 빗물에 젖는다

이것이 사랑이라면

두려움이 문을 열어젖히는 그곳으로
갇혀있던 빛이 터져나오는 그곳으로
수평선의 첫 파도가 일어서는 그곳으로
나는 걸어들어 갑니다.

이것이 사랑이라면
나는 훗날 그대를 전선으로 떠나보내고
우리, 티 테이블에 앉아
이 밤이 다 가기 전
사랑의 언약을 할 것입니다

죽음은 한번 뿐이고
나는 한번 뿐인 것들을 생각합니다
한번 뿐인 모든 키스를
한번 뿐인 모든 속삭임을
그리고 여러 번의 가을을 예감합니다

언제던가요
그대를 처음 본 그 순간

나는 사랑이

그대의 눈동자가

그 미소가

어떻게 내게 왔는지 기억합니다

그것은 죽음의 밝은 얼굴이었습니다

나의 내부는 환해졌고

삶의 어두운 얼굴이 드러났습니다

두개의 얼굴이 겹쳐지는 경계에서

나의 영혼이 불타올랐습니다

이것이 사랑이라면

나는 훗날 그대를 전선으로 떠나보내고

이것이 사랑이라면

나는 한 떨기 꽃이 되어

그대 무덤가에 놓일 것입니다

내 무덤엔 대륙을 건너온 눈송이로

그대가 흩날려도 좋겠지요

이것이 사랑이라면

상가 건물 이야기

상가 건물 3층에 살 때 얘긴데
몹시 추운 겨울 밤
계단 밑에
할머니 한 분이 떨고 계셨다
나는 지폐를 떨어뜨리고
집으로 들어와 텔레비전을 좀 보다가
모포를 들고 내려가 보았다
거적이 있던 자리는 비어있었고
계단을 올라오면서
나는 두 가지 사실에 만족하였다
내가 행동하였다는 사실과
할머니가 어디 가버렸다는 사실

역시 상가 건물 3층의 얘긴데
어느 여름날 저녁
어린 송아지만한 개가 거실로 들어와
퀭한 눈으로 앞발을 모으고 앉아 있었다.
저녁도 굶으며 수차례의 전화를 한 끝에
개는 마당이 넓은 어느 집으로 끌려갔다

역시 나는 두 가지 사실에 만족하였다

장시간 토론했다는 사실과

집이 다시 넓어졌다는 사실

保證人

채권자의 친절은 지루했다
등기우편의 내용을 숙지한 후
창가로 다가서자
신호대기에 걸린 차들이
하나같이 정면을 응시하고 있었다

이번에는 不可知論者의
기진맥진한 헛바닥이 어른거렸던 건데
이국의 교회에서
그를 위해 기도하는 소리만은
면할 수 있었다

저녁에는 바에 들러
바텐더에게 팁을 꽤 많이 남겼다
말이 없었던 것이
그녀를 불편하게 하지 않았을까
후회가 되기는 했다
장기 기증 수술을 앞둔 그녀의 쾌활함이
그를 불편하게 했던 것처럼

택시기사에게 군부대를 끼고 도는
외곽도로를 달리게 하고 차창을 연 후
황량한 들판의 바람이
얼굴을 후려치도록 내버려뒀다

밤에는 드라마를 보고
아이의 숙제를 거들어준 후
평소보다 일찍 침대에 누웠다
평일 치곤 유별난 하루였다

귀가

앉아있는 자리가
구석자리인 사람이 있다
그가 앉아있어
그 자리는 구석이 되고
구석은 어두워서 눈에 띈다

앉아있는 자리가
상석인 사람이 있다
그가 앉아있어
그 자리는 상석이 되고
상석은 밝아서 눈꼴이 시리다

누구나 귀가길이
외롭다는 건 개똥도 안다
구두가 알고
담벼락이 알고
지나가는 자동차가 안다
할 수없이 하느님이 알아준다

해피

해피가 짖는다
왜 네 이름이 해피였는지
궁금하지 않았다
한쪽 귀가 짜부라져 해피인지
다리 하나가 절뚝거려 해피인지
해피인 채로 내게 건너와
너는 나의 해피가 되었다

지금도 네 이름이 해피인지는
알 길이 없다
가끔은 무섭도록 네가 보고 싶다
우리에겐 깊은 공감이 있었다
세상은 그걸 몰랐다

죽었으리라고 생각한다
그 나이가 지났다
네 순한 눈동자가 닫힐 때
나는 어디 있었던가
나는 안다

나는 그 순간

너와 함께 죽어가고 있었다

그래서 이 어둠 속에서

내 눈동자 물기 가득

앞발을 들고

네가 지금 일어서고 있는 것이다

프란체스코 신부님

언제던가요
햇살도 맑은 성당의 마당
신부님은 내게도 웃음을 주셨습니다
나는 잊을 수가 없습니다
헤프지도 않은 그 웃음이
어찌 그리 골고루 나눠질 수 있었는지요
가난한 영혼도 덜 가난한 영혼도
비천한 몸뚱어리도 더 비천한 몸뚱어리도
모두 축복을 받았습니다
아무도 소외되지 않았습니다
당신이 숨어서 하신 일
헐벗고 굶주린 아이들에게 베푸신 기적들을
당신은 그만 드러내놓고 말았습니다
형제에게 보여준 그 수줍은 작은 웃음에서
나는 그걸 보았습니다
그 웃음을, 겸허한 강론을
때로는 조용히 듣고만 계시던 모습을
나는 자주 생각합니다
언제 어디서나

특별히 외로운 사람이 보일 때

그들의 귀가길을 떠올릴 때

그 사람이 나이기도 할 때

나는 당신을 생각합니다

당신이 위안이 됩니다

삶이 오만해지기 시작할 때

그리스도는 말없이 당신을 보내주십니다

당신은 꾸짖지도 않고

그저 웃고만 계시군요

그래도 나는 당신보다

내가 좀 더 오래 살았으면 합니다

당신은 놀란 척 웃고 계시군요

프란체스코 신부님

지팡이

그 노인에겐
지팡이가 있었다
일어서거나 걸어갈 때
그것은 노인의 손아귀에 쥐어져 있었다

지팡이는 먼 곳에서 왔다
밭이랑과 오솔길의 흙이
떨어져 나가고
그것은 이제
시멘트 보도블록 위에서
끝이 갈라진 채 앞으로 나아가고 있었다
한 바닥에서 다음 바닥으로
자신의 간격을 기억하고 있었다
바닥을 짚는 노인의 체중과
들어올리는 팔의 근력을 가늠하고 있었다
노인이 가는 모든 곳
평지와 층계
큰길과 골목의 지형을 숙지하고 있었다
때로 노인의 발이 돌부리에 걸릴 때

자동차가 커브를 돌아 다가올 때
지팡이는 온 힘을 다해
노인의 손아귀를 그러잡았다

지친 노인이 엉덩이를 부리면
지팡이는 발을 바닥에 대고
머리는 벤치에 눕혔다
노인이 쉬는 동안
지팡이는 하나의 기다란 나무토막으로
자신을 낮추었다
노인이 일어서며
다시 자신을 일으켜 세울 때
지팡이는 가만히 노인의 첫걸음마를 기다렸다
그리고 두 개의 그림자가
하나의 해 아래
겹치면서 떨어지면서 집으로 향했다

어느 날
지팡이는 혼자가 되었다

그것은 아무도 거들떠보지 않는 곳에서
빛이 바래고
쥐똥이 들러붙고
군데군데 썩어 들어갔다
그것은 더 이상 지팡이가 아니었다
누구의 지팡이는 더욱 아니었다
다만 그것이 한 때
지팡이였다는 사실만이
내팽개쳐져 있는 것이다

골목길 戀歌

어두워지긴 했지만
눈앞에 다가온 여인을
나는 단박에 알아보았다
젖은 머리와
살짝 숙인 목덜미에서
풍겨 나오는 다이알 비누 냄새
옆구리엔 분홍빛 대야가
알록달록 속옷이 있자는 것인데

오오,
공중탕의 심연에서 솟구쳐 나온 여인이여
검붉은 젖꼭지와 단단한 젖가슴에
부딪치는 물줄기여
타일을 디디고 선 육중한 엉덩이여
엉덩이에 서리는 김이여
빨래를 쥐어짜는 튼실한 손목이여
손목의 푸른 핏줄이여
감아올린 수건에서 쏟아져 내리는
검은 머리카락 다발이여

오오, 잃어버린 입맛이여

저녁의 공기를 뒤흔들며 스쳐지나간
아랫마을 여인이
시러배 잡놈에게 달려가고 있다

신비

이제는 잠든
아가의 뺨에
아직 홍조가 남아있다
세상의 아빠가
돌아오는 그 시간에
아가가 거기 있다는 건
매일의 기적이다
어떤 귀가도
원점으로 돌려놓는
신비에 대해서
시인은 떠들고
아빠는 품는다

첫 잔

주막에
저녁이 내리면
우리는
첫 눈을 뜨고
첫 이야기를 나눈다
첫 사랑의 실패도
첫 혁명의 좌절도
첫 잔과 함께 부활한다
밤바다에
돛단배 떠가듯
밤하늘에
아기별 돋아나듯
우리의 오늘에
첫 잔이 있다

생활체육 권유가

가세, 가세
배드민턴 치러 가세
따분한 세상 전월세의 세상
깃털 달린 것 한 번 날려보세
해 뜰 때 가세
해 질 때 가세

팔 높이 치켜들어
팔 뻗어 달려가며
돌아가는 아낙네
한쪽 발 들리고
집 나온 강아지는
이리 뛰고 저리 뛰어

가세, 가세
배드민턴 치러 가세
풀벌레 포올짝
잠자리 파르르
풀섶에 떨어진

공 주우러 가세

땀 흐르면 쉬엄쉬엄

숨 차면 그만 치세

어쿠쿠쿠

넘어지려는 한 사람

보았지 않았던가

건너오는 공

팽그르르

공중에 떠있지 않았던가

사랑이 지나간 자리

이제는 너를 사랑하지 않을 때
그것이 가능해졌을 때
내 마음의 사방에
잿더미의 불티들이 날아다니고 있을 때
사랑했던 기억 때문에
나는 다리를 건너갔다
내 눈동자에 흐르던 강물
이윽고 눈동자를 덮어오던 강물
사랑했던 기억 때문에
없는 사랑 때문에

이제는 보고 싶지 않아서
밤거리를 헤매었다
네가 없는 거리
너를 보낸 거리
건물과 횡단보도를 지나
보고 싶지 않아서
못다한 말이 없어서

너는 나를 사랑했던가
너는 나를 잊어갈 것인가
사랑은 우리를 기억할 것인가

우리 그때 사랑을 했던가

식어가는 찻잔의 시간

나는 차를 마시면서
시를 몇 편 읽기로 했다
창가에는 청년이
옷이 내려진 등을 보이고 있었다
비어있어 좋은 테이블은 통로를 열어놓고
목조층계는 유리문 앞에서 멈춰있었다
문을 밀 때 작은 종이 울려서
나는 아까 얼굴이 붉어졌었다
낡은 코트 위의 내 얼굴은
더 이상 젊지 않았던 것이다
나는 나를 알릴 나이가 지났다고
생각했던 것이다
그럼에도 지금의 나는 기다리고 있었다
시의 행간에서 고개를 들어
청년의 시간에 틈틈이 편승했다
대기에 빗방울이 섞이던 그날처럼
오지 않는 여자를 기다리고 있었다
하행선의 여자가 차창에 떠오르고
나는 간이역마다 서있었다

리필도 핸드폰도 울리지 않던

늦은 오후의 찻집에서

나는 너를 한 모금씩 떠나보냈던 것이다

내 기다림은 그렇게 저물어갔었다

나는 시의 첫 연으로,

갑자기 던져오는 낯선 예감으로 되돌아가

우리의 시작은 더 불안했어도

좋았을 거라는 생각을 해본다

내 시작이 너였어야 할 이유를

너 외에서는 찾지 못했던 건

어쩜 당연했지만

짧았던 시간이었기에

시작은 끝보다 더 파괴적이었어야 옳았다

찻잔을 휘젓던 스푼이 멈추는 그 시각부터

차는 식어가고 있었던 것이다

청년은 지루한지 등을 조금 비틀었다

나는 시를 접고 내가 빌린 시간만큼은 돌려주었다

그러고도 나는 이제

하행선에서 되돌려지는 상행선 레일의 차가운 금속음을

가슴 속에 되살려내고 있었다 거기까지 뿐이었다
젊은 날이 내게만 있었던 것은 아니었다
그 이름이 너였기에 네가 떠나간 것이라고
나는 지금 이해하고 있다
나는 경사가 완만해진 층계를 밟고 내려섰다
얼마 후면 유리문의 종을 울리게 될 이름이
청년의 여자일 가능성에 대해서도 생각해보고 있었다

층계의 끝에서 그날의 피곤했던 기억이 떠올랐고
대기는 의외로 가솔린 냄새가 섞여있었다

생명의 수순

나는 죽은 물고기를 먹는다
죽은 돼지를 굽고
죽은 닭을 튀긴다
도살자들은 핏물 배인 칼을 던지고
침을 발라 지폐를 센다
죽은 것들이 내 뼈를 세우고
내 살을 부풀려
나는 걷고 일하고
찌꺼기는 똥으로 뽑아낸다
내가 죽으면
흙이 나를 삭히고
공기가 나를 흩뜨리고
빛이 나를 말리고
물이 나를 녹여버린다
물고기가 나를 마시고
돼지가 나를 핥고
닭이 나를 쪼아댄다
나와 죽은 것들과 도살자의 칼이
하나가 된다

세계는 이러한 것들을 구분하지 않는다
어찌 이 사실을 의심할 수 있으랴
그러나 나는 지금 살아있어
도살자의 무표정으로
도매상의 트럭에서 내려
컨테이너를 지난다
창고의 철문을 열고 나와
얼음박스를 식당 간판 밑으로 끌고 온다
더불어 최종 유통단계인 소비를 자청하여
한때 생명이었던 것을 어금니로 잘게 간다
마침내 포만감에 트림을 하며
살 오른 동족의 암컷에 발정한다
하나의 생명이, 세계의 사생아가
이렇게 정상적인 수순을 밟는다

삼청교육대

망루의 서치라이트가
밤의 고요를 유린하던 그곳
사냥개의 앞발이
군용막사의 혼절한 잠을
찍어 누르던 그곳
18년 전의 나는 흙먼지 날리는 연병장에
부동자세로 서있었다
나는 감히 너였던가
너는 동네 건달이었고, 포주였고,
지분양도 서류에 지장 찍기를 거부한
지방방송업자였다
그 곁에 연약한 두 무릎을 떨고 있는 너는
동거녀의 머리칼을 휘어잡고 가재도구를 부수던,
이웃집 여자가 신고했던
바로 그 악몽의 밤
눈빛이 어두웠던 사내였다
말해보라
우리가 거기 얼어붙은 침묵 속에 서있던 이유를
재판도 없이 방청객의 야유와 항소도

고등법원의 친절도 없이
매 맞는 동물의 비명을
인간의 귀로 들어야 했던 이유를
저 높은 하늘의 한가로운 새털구름과
바람이 건네주는 짙푸른 산의 풋풋한 내음을
무방비로 견뎌야 했던 이유를 말해보라
말해보라
구보와 PT체조와 진지구축을 위한
곡괭이와 삽질의 의미를
오늘은 내일이고 내일은 오늘이어야 하는
일렬종대인 나날의 의미를 말해보라
그 모든 것을 먼 훗날 증언하기 위해
우리가 거기 있었던 건 아니다
국가권력의 절대 권위를 부정하기 위해
미군을 몰아내고
무산계급의 해방을 쟁취하기 위해
거기 거세된 죄수의 알몸으로
꿇어앉아 있었던 것이 아니다
대다수 선량한 시민의 안녕과 질서를 위해

그 지당한 희생의 제단을 향해 내밀었던
우리의 제 일보엔 핏자국이 서려있다
그 핏자국은 우리에게
절뚝거리는 다리, 날품팔이의 일생
정신병동의 쇠창살을 약속하였다
18년이 지나
공소시효의 녹슨 안전핀을 뽑고
나는 이제 저들을 법정에 기소한다
편철서류를 넘기던 장갑 낀 손의 무료와
우리들 일상의 차트를 함부로 지적하던
지휘봉의 은은한 니스광택을 기소한다
일반상식의 법정, 중등학교 국민윤리의 법정에
따져볼 것도 없는
따라지 인생의 품질을 재검증한
그 근거와 합법성에 대해
단답형의 대답을 요구한다
나는 또 소환한다
그날의 일기예보와 예금금리의 변동율과
호프집에서의 토론의 거품을 소환한다

침묵의 바구니마다 배급받은
구호물품들을 소환한다
사회악의 청산, 그 명분에 동조한
불특정다수의 소박한 무지를 소환한다
그리고 나는 나를 고발한다
우연히 너가 아니었던
나의 겁먹은 행운을 증거물 제 일호로 제출한다
뒤척거리던 불화의 시간들을
선처를 바랐던 혐의로 첨가한다
왜 내가 먼 기억이 된
너의 공포 속으로 걸어들어 가야 하는지
그 이유를 몰라 망설였던 적이 있다
왜 내 견고한 일상의 창틀이
삐거덕거리는 소리를 감당해야 하는지
그 이유를 묻기가 두려웠던 적이 있다
지금 아무도 물어오지 않는 그 이유에 대해서
나는 다시 또 다시 생각하고 있다
밤이다 18년 전의 그 검은 밤 검은 언덕 검은 별들을
누가 내 앞에 던져 놓았다

내 친구는 전화를 걸어와

그 밤이 지금 종로에도 떠있다고 말해주었다

4부 사실의 실체

小路

발치에
시선의 허공에
꽃이 피어 있다
어떤 꽃은 피고 있다

가을엔
이 길 따라
농부의 소달구지
덜컹거리겠다

여자는 죽는다

여자는 죽는다
가계부의 관은 닫힌다
흘겨보던 눈동자 꺼져가고
한숨짓던 그 입술 굳게 다문다
시간은 멈추고
나날의 잔소리도 들려오지 않는다

여자는 죽는다
싱크대의 수도꼭지는 잠긴다
한 방울 두 방울
툭툭 떨어지는 그 마지막 소리를
죽음은 듣고 있다
삶은 엿듣고 있다

리어카

취해서 돌아오는 새벽
비틀거리는 내 그림자를 밟고
리어카가 올라온다

밤새 들끓던 감정
거친 토론의 신 거품이
목구멍까지 차오르는데
쓰레기를 가득 실은
리어카의 뒷바퀴자국이
담벼락을 끼고 돌아간다

아침의 골목길엔
등교하는 초등학생들의 색색우산
깨끗이 치워진 쓰레기더미 자리에도
흙탕물은 차오른다

너의 영전에

늦봄이었던가
너는 꾸벅 인사를 하고
사무실을 나섰던가
넥타이는 적당히 조이고
어디서 바람이 불어와
머리칼이 잠시 흩트려졌던가
그때 너의 두 눈 속에서
오후의 한줄기 햇살이 부서지고 있었던가
동료는 없었던가
뒤에서 널 부르는 소리는 없었던가

그해 늦봄 어느날
사무실을 나선 너는
어디로 갔던가
건널목을 건넜던가
기원을 지나쳤던가
너는 왜 집으로 가지 않았던가
다시 또 늦봄인데
그날의 붉은 꽃잎이

160

광장에 밟히는데
너는 왜 그때 일을 말하지 않는가

햇살이 내게

따뜻한 봄날
햇살이 내게도 비추인다
아이들 공을 차며 뛰어놀고
어른들도 간편복 차림으로
약수터 주위를 어슬렁거리는데
시야는 멀리까지 틔어
산과 들이 평화롭다

모든 것 꿈이었나
단말기에 머리를 들이밀고
시커멓게 타버리고 싶던 오후
알코올과 뜨거운 숨결에
한껏 부풀어 오르던 불온한 밤들
다 어디 가고
나 여기 작은 바위에 걸터앉아
눈가가 시려오나

막걸리 한통을 비우니
해가 벌써 기운다

일요일이다

부고

나는 죽었는데
내가 죽었다는 연락이 가면
자네는 시간을 좀 끌다가 와라
국밥을 반 그릇 비우고
아는 얼굴들과
생전의 나에 대해서
얼마간 얘기해도 좋다
굳은 얼굴도, 소주를 너무 마시는 것도
좋아 보이지 않는다
우리가 자주 했던 술자리
그 얼굴, 그 양 만큼이면 어떤가
그리고 함께 했던 시간들을 생각하면
장지까지는 와주기 바란다
비가 흩날리거나 바람이 불더라도
사소한, 기후의 변화일 뿐이다
나는 자네가 떠주는
한 줌의 흙을 가슴에 덮고
자네는 차를 몰고 돌아가게 될 것이다
생각나는가?

'나는 죽는데 너는 태양 아래를 걷는가?'
어쩌겠나,
나는 그게 누구의 시였는지도
모르게 되었으니

나는 이제 이 세상에 없다
누군가의 가슴 속에 남아있다는 건
적절한 말이긴 하지만
내가 굳이 원하는 건 아니다
언젠가는 자네도 세상을 뜨고
자네를 기억하는 친구들도
조문객을 맞이하게 될 터이니
모두가 앞서거니 뒤서거니 아닌가

산 자들은 모두가 죽었다는 사실을
나는 알고 있다
영원히 살 수 있었다면
나는 그 길을 택했을 것이다
그러나 삶이 우리에게

탄생일을 알려주었듯

죽음은 날짜까지 들고 온다

그날을 우리가 가까스로 외면하고 있을 뿐이다

때 이른 감이 있지만

그래서 이런 시도 써보는 것인데

다음 주말쯤

자네가 좋아하는 낚시 어떤가

한가하게 소주를 마시며

고기가 놀라지 않을 만큼만 웃어봄세

침묵

우리 가족은
이민 가지 않았기에
매해 산소를 찾아뵐 수 있었다
잡풀을 뽑고 정종을 나눠 마시고
해가 기울기 전에 돌아갔다
매년 느끼는 것이지만
아버지는 생전이나 지금이나
말씀이 없으셨다
사는 게 탐탁치 않았던 내게
아버지의 묵묵부답은
타당하다는 생각도 든다
아방궁이건 시궁창이건
내 삶은 고스란히
나의 것이기에
내게는 종교가 없었다

이십년이 지나 올해도
아버지와 나는 침묵 속에서
다시 만난다

그 오랜 침묵의 흙더미를 밟으며

隆日이 다가온다

사실의 실체

이 괴로움이 사실이라면
이 사실은 끝이 난다

이 기쁨이 사실이라면
이 사실도 끝이 난다

우리는 다행히
끝이 있는 존재
우리의 부재 속에
태양이 뜬다 한들
우리는
사실의 실체를 알고 있다

저녁

저 여인을 보아라
슈퍼 봉지를 들고 골목을 돌아나오는
저 자박한 걸음걸음을 보아라
흘러내린 머리를 쓸어올리는
저 무심한 손길을 보아라
저녁 공기는 냉랭하고
해질녘 어스럼은
마른 나무 그림자를 덮어가는데
과일가게 앞 잘 세워져 있는
자전거 두 대를 보아라
잘 가, 하며 돌아서서 뛰어가는
아이들의 더운 입김을 보아라
이발소 유리창에 떠오르는
노인들의 뒷머리며
무심코 식칼을 들고 나온
정육점 사내의 전대를 보아라
보아라
며칠째 버려진 군고구마 기구의 텅 빈 입
전봇대 밑에 고개를 처박고 킁킁대는

누런 개의 누런 꼬리를 보아라

그리고 보아라

저 모든 것들 위에

소리 없이 깃드는 쇠잔한 저녁 빛

어디로 데려갈 수도 치울 수도 없이

저기 저렇게 있는

저것들을 보아라

오늘밤

내일 나는 죽을지도 모른다
죽음은 흔한 것이다
오늘밤 한편의 시를 쓰자
너를 사랑했노라고 쓰자
별들은 눈부셨노라고 쓰자

삼십년 후에도 나는 살아있을지 모른다
삶은 끈질긴 것이다
오늘밤 한편의 시를 쓰자
너를 사랑했노라고 쓰자
별들은 눈부셨노라고 쓰자

하루가 가고
또 하루가 가고
세월은 그렇게 가는 것
그러나 오늘밤은 영원하다
너를 사랑했노라고 쓰자
별들은 눈부셨노라고 쓰자

강

일부러 강을 끼고 돌아갔다
앞차와 뒤차 사이에 끼인
차들의 기나긴 행렬
어쨌거나 차창 밖으로
쉬임없이 강물이 흘러간다
이 강은 다르다
근무하는 사무실의 건물과도 다르고
퇴근 후 들르는 단골 술집과도 다르다
주고받는 계산서와도 다르고
만나고 헤어지는 인사말과도 다르다
그러기에 저것은
강이라는 이름으로
저렇게 외줄기로 흘러간다
그러기에 저것은
저토록 흘러흘러 어딘가로 가버린다
다시 바라보면
어디 가버리지도 않고
저기 저렇게 다만 흘러간다

노래방 사랑

감정에 북받쳐서
노래를 부른다
사랑한다고
떠나가지 말라고

노래는 끝났지만
나는 그 시간에
너를 사랑하였다

어머니

어머니 집에 갔다
어머니는 부지런히 밥상을 차리신다
아홉시 뉴스에서 사람이 많이 죽었다
밥을 다 먹자
어머니는 박카스와 야쿠르트를
쟁반에 받쳐 내오신다
나는 박카스만 마시고 일어선다
어머니는 토큰 두 개를 쥐어주신다
나는 중간에 버스에서 내려서
택시를 타고 집으로 돌아간다
이십 분 이상을 기다린 후
잘 들어왔다고 전화를 건다
어머니는 전화에 대고 우신다
그 사이에 술을 한 잔 드시고
아버지 생각을 한 모양이다
어머니는 이제 노인이시다
전철을 타도 무임승차 하신다
손녀 얼굴이라도 자주 보고 싶지만
쉬운 일이 아니다

그런 어머니가 우시니
나는 무슨 말을 해야 할지 몰라
멍하니 수화기만 들고 있다

포장마차

포장마차는 그곳에 있었다
급하게 소주를 들이키던 사내는
자꾸 안주를 권했고
그는 돼지갈비 한 점을
집어들었다
에이, 이 더러운 세상
사내는 말끝마다 덧붙였고
그는 허허, 하고 자주 웃어야 했다
그는 잔이 비면 술을 채우고
그리고 마셨다
취기가 서서히 올라왔고
그도 사내를 향해 무슨 말인가
계속 늘어놓고 있었다
어느 순간엔가 사내가 가고
그는 혼자 앉아 있었다
다시 어느 순간엔가
그도 일어서서 계산을 치렀다
그는 많이 비틀거렸고
아스팔트를 긁는

타이어의 마찰음을 들은 것 같기도 했다
거기서 오 분 전
한 포장마차 주인은
어떤 남자가 밤늦게 술을 마시는 것을
바라보고 있었다

사소하고 오래된 일상의 울림과 잔향

정종목(시인)

2005년, 한 해가 다 저물어가던 12월 중순에 문득 전화벨이 울렸다. 대학 신입생부터 시작해 스물다섯 해 동안 그를 띄엄띄엄 만났는데 그 세월의 끄트머리에서 우연찮게 우리는 서울 밖의 한 행정구역에 함께 둥지를 틀게 되었다.

그날 밤 나는, 광릉 숲과 수락산 사이에 자리 잡은 남양주의 최북단에서 한강변 그의 아지트로 달려갔다. 정직과 진실, 성찰을 외면한 과학과 언론과 정치의 야합과 그것이 빚어낸 광기, 추악한 과학계의 스캔들을 핑계로 모처럼 시를 이야기하고 『논어』를 꺼내 돌려 읽다가 곧 시집을 묶어낼 것이라는 그의 말에 나는 그만 덜컥 발문을 자청하고 나섰다. 오로지 새벽까지 이어진 취흥 때문만은 아닌 것이 그와 그의 시에 대한 믿음이 그런 객기를 가능하게 했을 것이다.

세월을 거슬러 올라가면 흑석동 골목 모퉁이에 문학청년들과 가끔은 연극쟁이와 그림쟁이들도 드나들던 좁고 허름한 술집이

179

나온다. 그곳에서 가난한 문청들은 문학과 예술, 그리고 어두운 시대의 아픔에 대해 종종 핏대를 세우며 열변을 토했는데 그 틈에서 그의 얼굴을 처음 익혔다. 새하얀 얼굴에 짙은 눈썹, 유난히 길어보이던 모가지의 그는 언뜻 강단이 있어 보이지는 않았지만 후배들의 안주를 꼼꼼히 챙겨주고 한껏 달아오른 문청들의 열기를 조근조근 식혀주는 존재였다. 후배들의 선망을 받던 시인으로 증권회사를 다니던 이력도 꽤나 이채로웠다. 시인과 증권맨, 어울릴 것 같지 않은 두 세계에 발을 걸치고 있던 그가 경이로웠던 것이 나만은 아닐 터였다.

그는 우리에게 60년대 학번에서 80년대 학번을 아우르는 오지랖이 넓은 선배로 가난한 후배들의 술값을 치러주고 밤늦은 귀가 길에 차비도 슬쩍 찔러주던 자상한 물주였다. 그는 다만 문학적 수사가 아니라 경제 용어로 '유동성'은 좀 있었기에 가능했던 일이라고 웃을 뿐이다. 하지만 주변의 경조사를 챙기고 그들의 고민에 귀를 기울여주던 그 모습은 모두의 든든한 울타리요 미더운 후원자로 남아있다. 그런 음덕 때문에 따르는 이들도 많았건만 그는 손사래 치며 기꺼이 뒤치다꺼리를 맡을 뿐이었다.

문단에서도 그랬다. 범상치 않은 감수성과 빼어난 시적 형상화에도 불구하고 그는 뜬구름 잡는 문단의 논란에서 멀찍이 물러나 있었다. 아마도 밥벌이 때문에 그랬겠지만 내게는 그것마저 저급한 정치가와 시인을 구분 짓는 행보로 보이곤 했다.

그리고 허름한 주점의 문청들은 "흐르지 않고는 흐르게 할 수 없는 물/타오르지 않고는 태울 수 없는 불/한 별이 다음 별을 깨워/마침내 밤하늘을 물들이듯/한 파도가 다음 파도를 위해/끊임

없이 쓰러지듯/깨어 있지 않고는/아무 것도 깨울 수 없네/지나가는 밤의 流配地에서/떨며 서있는 이름 없는 것들이여/스스로의 끝에서 무수히 기도하라/기도가 모여 하나의 碑文이 서기까지/그 위에 달빛 한 올쯤/끌어들이기까지"라는 젊은 날 그의 절창을 인용할 때 마다 꼭 목울대를 울리며 소주 마시는 소리를 냈던 것으로 기억한다.

　새삼스럽지는 않지만 그의 이번 시집에는 압도적인 묘사의 힘이 꿈틀대고 있다. 성급하게 자신의 주장이나 주의, 감정을 드러내는 대신 그의 시는 마치 자연주의 소설의 한 대목을 연상시키듯 설득력 있는 묘사로 단련되어 있다. 가령 이번 시집에서 비교적 짧은 편이라 할 수 있는 다음 시에서 그것을 살펴보자.

　포대기로 아이를 들쳐 멘/젊은 엄마,/버스정류장에서 발뒤꿈치를 든다/한 손에 보따리/한 손에 교통카드 든 지갑 있구나/저물녘의 바람이 차/아가는 엄마 등에 뺨을 붙이고/담배를 문 남자는/저만치 떨어져서 선다/착한 곳으로 가는 버스는/걸음도 느려/추수가 끝난 너른 들판이/어두워지려 한다(「풍경」 전문)

　마치 박수근의 스케치에 있을 법한 한적한 시골 정류장의 풍경, 시적 주관이 개입한 문장은 "착한 곳으로 가는" "걸음이 느"린 버스뿐이다. 이 풍경의 등장인물이 거기까지 끌고 왔을 우여곡절은 생략되어 있다. 그렇지만 등에 업은 아이와 한 손의 보따리는 그 여인이 막 지나왔을 과거의 어떤 순간을 환기시킨다. "저만치 떨어져" "담배를 문 남자"도 그녀의 살갑지 않은 남편인지, 우연한 동행인지 분명하지 않지만 심상치 않다. 교통카드와 기다리는 버스는 미지의 미래, 그들이 현재 함께 버스를 기다리는 한적한 시골 정류장은 곧 어두워지려는, "추수가 끝난 너른 들판"으로 자연스럽게 수렴된다. 조금은 외지고 여유로우면서 어떤 향수를 일으키는 바로 이런 장소, 이런 순간에 눈을 돌리는 것이 시인이 공감하고, 말하고자 하는 어떤 의미가 될 터인데 이런 시적 태도와 방법론은 「하오의 旅程」에서 더욱 심화되고 확대된다.

"백화점 사은품 법랑냄비를 끼고/500cc에 코를 박은" "불철주야 보험설계사의 남편"을 배경으로 "팔짱을 끼고 먼 하늘을 바라" 보는 여주인은 "경기슈퍼 앞 다가구주택 옥상,/빨랫줄에 걸린 남자의 반바지 위로/느릿느릿 구름이 흘러" 가는 것을 무심하게 바라본다. 이 실감나는 스케치 뒤에 구석에서 "추가안주로 대구포를 외" 치는 "30억 부도의 주인공"과 "다음 수배자를 호출하는/추심원"은 그 별다를 것 없어 뵈는 호프집을 약간 긴장시키는 인물들이다.

그러나 "500cc가 천천히 비워" 지고 고양이가 "골목에서 골목으로/쥐를 쫓" 고 핸드폰이 울리고 "은행 마감시간을 알리는 사이렌이 울리" 며 "해가 기우뚱 빌딩에 걸" 리도록 시인은 시적 상황에 개입하지 않고 오로지 일상의 풍경을 묵묵히 그려나갈 뿐이다. 생뚱맞게 삶의 구체성을 환기시키는 법랑냄비를 위해 "부스스/새우깡 부스러기 떨어진/바지가 일어" 서는 마지막 대목은 감정이입을 잔뜩 누그러뜨린 채 무심코 흘려버리기 십상인 생의 어떤 순간, 아직까지 선뜻 이름 붙일 수 없는 어떤 분위기를 한껏

고조시킨다.

이처럼 그는 다만 시적 소재들의 대위(對位, counterpoint)와 상응(相應, correspondence), 텍스트의 긴장과 이완의 변주에만 몰두하고 있는 듯이 보인다. 그래서 그가 선택한 시적 소재와 장치들은 마치 바흐(J.S. Bach)의 「평균율 클라비어(The well-tempered clavier)」처럼 한데 어울려 울려 퍼진다. 막연해 보이는 삶과 그것을 구성하는 세목들, 사물의 외곽과 중심, 지루하고 단편적인 사실과 무연(無緣)한 듯 그것을 감싸며 흘러가는 세월을 아우르며 중첩시키는 울림을 통해 아직은 또렷하지 않은 사실(fact)의 중심에 다가서려는 듯하다. 그것이 시적 상황에서 한 발짝 물러난 시인의 시적 주관이라고 할 수 있다.

이쯤에서 나는 이미 있던 것을 그대로 기술할 뿐 일부러 보태지 않았노라던 공자의 '술이부작(述而不作)'을 떠올린다. 물론 공자가 '술(述)'한 것은 옛 선왕들의 도였고 시인은 확실하게 감각되고 논증되는 것을 그려내는 차이가 있을 뿐이다. '술(述)'과 작(作)은 언뜻 대립하는 듯하지만 그들에게는 기술자(記述者)의 섣부른 작위와 주관이 배제된 술(述)이 곧 작(作)이요, 작(作)은 술(述)이라는 인식이 깔려있는 셈이다.

잘 가, 하며 돌아서서 뛰어가는/아이들의 더운 입김을 보아라/이발소 유리창에 떠오르는/노인들의 뒷머리며/무심코 식칼을 들고 나온/정육점 사내의 전대를 보아라/보아라/며칠째 버려진 군고구마 기구의 텅 빈 입/전봇대 밑에 고개를 처박고 킁킁대는/누런 개의 누런 꼬리를 보아라(「저녁」에서)

그러나 묘사에 대한 이런 경도와 집착은 종종 그의 시를 길게
한다. 문제는 얼마나 시적 긴장과 참신함을 유지해 나갈 수 있느
냐다. 이때 꼼꼼한 관찰과 독서, 영화를 통해 얻어진 것들이 그의
시적 진술을 채운다. 「서울 느와르」에서 시인은 홍콩 느와르 영
화의 한 장면을 그가 머물고 있는 현실의 한 장면으로 오버랩 시
켜 환영과 현실이 절묘하게 길항하는 모습을 그려낸다.

"통조림 저녁을 먹고/조깅을 끝낸 남자가/홍콩의 웨스턴 바로
들어선다/검은 선글라스의 여자가/마티니 앞에서 어둡다/조금
있으니 권총이 불을 뿜고/가죽잠바가 쓰러" 지는 환영 앞에서
"나(시인)는 풀이 죽" 는다. 그래서 영화 밖의 "뭘 모르는 B급 시
인이/극장 밖 시장골목으로 퇴장당해/오뎅 국물에 소주를 홀쩍
인다/주모가 너그럽지 못하고/골이 난 사람처럼/시끄럽게 설거
지를 하고 있다/내 비장한 모습이/여차하면 권총을 뽑을 자세로/
'축 발전' 거울 속에 들어앉아 있다/가히 통조림 속의 한 끼 식사
라/부를 만하다"

어떤 의도로 차곡차곡 중첩된(作) 환영에 반해 현실은 그리 극
적이거나 휘황하지 않은, 범속해 보이는 단편들의 나열일 뿐이
다. 사실(fact)과 그 이면에 도사린 진실(truth), 시인의 말을 빌리
자면 '사실의 실체' 는 그처럼 어눌하고 무연하고 지리멸렬하다.
진실의 모습이 그럴진데 그럼에도, 아니 그렇기 때문에 우리는
종종 삶에서 소설과 드라마를, 영화를 기대한다.

시인은 작위의 이미지와 현실의 흩어진 단편을 대치시킨다.
조깅, 웨스턴 바, 검은 선글라스, 마티니, 권총, 가죽잠바라는 극
적 미장센(Mise-en-scene) 뒤에 시장골목, 오뎅국물, 소주, 골이

난 것 같은 주모, 설거지 등의 초라하고 구차해 보이는 현실을 적
나라하게 부각시킨다. 바로 그것이 시인의 의도(作)인 셈인데 조
금 더 나아가 현실과 환영이 서로 삼투하는 과정을 드러내면서
그가 시에 임하는 태도의 일단을 보여준다.

이때 환영에서 깨어나 현실로 돌아온, 역설적으로 '뭘 모르는
B급 시인'은 그의 겸손과 자존심이 타협한 산물로 또한 짐짓 독
자에게 비판적 거리를 유지하게 만드는 설정이다. 그리고 이 시
적 화자가 자신의 정체성을 돌아보는 매개는 시장골목 허름한 술
집에 걸린 '축 발전'이라고 쓰인 거울이다. 물론 이 거울 속의 모
습도 영화와 마찬가지로 아주 그럴 듯해 보이는 또 하나의 환영,
신기루일 뿐이다. 시인은 이 거울의 투영을 통해 현실과 환영의
교집합인 "통조림 속의 한 끼 식사"를 자연스럽게 유추해낸다.
그러니까 조금은 시니컬하고 희화된 'B급 시인'과 '축 발전'의
조합은 시인이 현실에서 선택한 미장센(作)이다. 이 대목에서 시
인의 그림자가 텍스트 안으로 살짝 드리워진 것을 간파한 독자라
면 씽긋 웃을 수 있다. 물론 그 다음의 구구한 해석과 다양한 결
론을 독자에게 맡겨놓고 슬그머니 물러나는 것은 과연 그답다 할
수 있다.

이 괴로움이 사실이라면/이 사실은 끝이 난다/이 기쁨이 사실
이라면/이 사실도 끝이 난다//우리는 다행히/끝이 있는 존재/우
리의 부재 속에/태양이 뜬다 한들/우리는/사실의 실체를 알고 있
다(「사실의 실체」 전문)

시인이 텍스트의 전면에 나설 때 그의 발언이 신중해지며 짧아지는 것은 이런 맥락이라 할 수 있다. 「사실의 실체」 「귀가」처럼 시인의 육성이 고스란히 녹아있는 시들은 그래서 짧다. 「확고한 움직임」이라는 짧은 시편에서 시인은 드물게 선언적 태도를 드러내는데 그마저 "~이다"가 아니라 "보았다"고 한 발짝 물러난다.

이 세계의 질서에/강자의 패권에 편입되지 않는/확고한 움직임을/나는 너의/뜻 없는 분주함 속에서 보았다/아가야

이 "뜻 없는 분주함"이야 말로 생명과 삶의 자연스럽고 확고한 실체라고 시인은 생각하고 있는 듯이 보인다. 그리고 삶의 불가해한, 이 무형의 명제들을 구체적인 감각으로 치환해 나간다.

여자는 죽는다/싱크대의 수도꼭지는 잠긴다/한 방울 두 방울/툭툭 떨어지는 그 마지막 소리를/죽음은 듣고 있다/삶은 엿듣고 있다(「여자는 죽는다」 중에서)

죽어가는 삶이, 여자의 생이, 잠긴 수도꼭지에서 "툭툭 떨어지는" 소리로 미분된다. "죽음은 듣고", "삶은 엿듣고" 있으므로 그 실체는 죽음 쪽에 가깝다. 비로소 우리는 삶과 죽음이 뭉뚱그려진 일상의 세목, 그 울림과 잔향에 집중하고 몰입하며 성찰의 시간을 갖는다. 그의 시가 지향하는 바는 그것이 될 것이다.

이제 좀더 다양한 변주를 더 살펴보자. 가령 「獨白」에선 "예수

는 말한다/네 아파트를 팔아 이웃에게 나눠줘라/아파트는 보다 장중하게 말한다/貧者여/돼지갈비에 소주를 곁들이지 마라"는 야유를 통해 일상의 아이러니를 풍자하고 비판한다.

　이 비판의식은 소시민 혹은 봉급생활자의 일상을 통해 더욱 확장된다. 그가 금융업에서 오래 밥벌이를 했다는 점에서 「어떤 不在」, 「保證人」, 「빌딩근무」, 「호텔이 있는 거리」, 「현장」 등에 선 증권맨, 브로커, 추심원 등 그 세계의 인물과 풍경이 비교적 생생하게 드러난다. 15년쯤 전에 그의 두 번째 시집에 실린 「증권 회사 정 대리」를 읽고 그 소재의 신선함과 리얼리티에 감탄하며 그만이 갖고 있는 프리미엄이라고 나는 그를 충동질한 적 있다. 우리 문학, 특히 시와 소설이 그 소재와 주제에서 너무 건달의식 (?)에 발목 잡혀있는 것을 불만스러워한 나로서는 당연했다. 봉급 생활자의 고된 노동과 애환을 충분히 겪어본 사람만이 "자연도 좀 더 겸손해질 필요가 있다"고 감히 그 권위에 도전하는 표현을 능청스레 풀어낼 수 것이다.

　그리고 「내 친구 이야기」, 「귀가」, 「호텔이 있는 거리」, 「세상의 시간」 등에 배어있는 고단하고 쓸쓸한 삶의 흔적, 황량하고 음울한 문명의 이면, 존재론적 허무는 종종 역설이 되어 반전한다.

　앉아있는 자리가/구석자리인 사람이 있다/그가 앉아있어/그 자리는 구석이 되고/구석은 어두워서 눈에 띈다.//앉아있는 자리 가/상석인 사람이 있다/그가 앉아있어/그 자리는 상석이 되고/상석은 밝아서 눈꼴이 시리다//누구나 귀가길이/외롭다는 건 개똥도 안다/구두가 알고/담벼락이 알고/지나가는 자동차가 안다/할 수없이 하느님이 알아준다(「귀가」)

「찻잔이 식어가는 시간」처럼 다소 애틋하면서도 감상적인 회억에 빠지기도 하고, 「부고」나 「오늘밤」처럼 문득문득 죽음을 넘보기도 하는데 죽음이란 명제를 오히려 더 친근하고 여유롭게 받아들이는 것은 다소 뜻밖이다.

내가 죽었다는 연락이 가면/자네는 시간을 좀 끌다가 와라/국밥을 반 그릇 비우고/아는 얼굴들과 생전의 나에 대해서/얼마간 얘기해도 좋다/굳은 얼굴도, 소주를 너무 마시는 것도/좋아 보이지 않는다/우리가 자주 했던 술자리/그 얼굴, 그 양 만큼이면 어떤가//(중략)//비가 흩날리거나 바람이 불더라도/사소한, 기후의 변화일 뿐이다/나는 자네가 떠주는/한 줌의 흙을 가슴에 덮고/자네는 차를 몰고 돌아가게 될 것이다//(중략)//다음 주말쯤/자네가 좋아하는 낚시 어떤가/한가하게 소주를 마시며/고기가 놀라지 않을 만큼만 웃어봄세(「부고」)

이 달관이 생의 체념과 포기로부터 온 것인지, 지리하고 범속한 삶을 벗어나기 위한 마음의 도락인지는 아직 알 수 없다. 그러나 공자가 시경(詩經) 관저편(關雎篇)의 시를 일러 "즐겁되 난잡하지 않고 슬프되 상하게 하지 않는다(樂而不淫, 哀而不傷)."고 한 정의를 연상시킨다. 다분히 의도적인 「골목길 戀歌」처럼 점점 무뎌지는 감각과 본능을 일깨우는 작업에서 그것을 확인해 볼 수 있다.

"젖은 머리와/살짝 숙인 목덜미에서/풍겨 나오는 다이알 비누 냄새/옆구리엔 분홍빛 대야" 같은 오감의 각성, "검붉은 젖꼭지와 단단한 젖가슴에/부딪치는 물줄기", 그리고 "타일을 디디고 선 육중한 엉덩이"와 "엉덩이에 서리는 김" 같은 관능의 분출, 그리하여 "빨래를 쥐어짜는 튼실한 손목이여/손목의 푸른 핏줄"이라는 생명의 시원에 대한 동경을 통해 문명과 물신에 찌든 일상에 활력을 불러일으키려는 의지를 드러낸다.

다른 한편으로「생활체육 권유가」에선 민요나 노동요 가락에 현대적 일상을 얹어 색다른 감흥을 일으킨다. 다소 이례적이라 할 수 있는 이 시에서는 이 시집에 언뜻언뜻 비치는 생의 쓸쓸함과 허무를 멀찍이 밀어두는 원초적 리듬이 읽힌다. 이것이 그저 일탈인지, 혹은 새로운 실험인지는 아직은 더 지켜봐야겠지만 삶의 활력을 언어보다 리듬이 앞서 드러낸다는 것은 확인할 수 있다.

소박하지만 아마도 끊임없이 그를 촉발하는 시원의 '신비'를 세상은 떠들고 우리는 묵묵히 끌어안을 뿐이다. 그것이 삶의 실체고 생명의 충만한 리듬일 것이다.

이제는 잠든/아가의 뺨에/아직 홍조가 남아있다/세상의 아빠가/돌아오는 그 시간에/아가가 거기 있다는 건/매일의 기적이다/어떤 귀가도/원점으로 돌려놓는/신비에 대해서/시인은 떠들고/아빠는 품는다(「신비」 전문)

사실의 실체

1판 1쇄 인쇄 | 2006년 2월 14일
1판 1쇄 발행 | 2006년 2월 18일

지은이 | 우영창
펴낸이 | 전상삼

편집과 디자인 | 위광삼
영업 | 서영환

펴낸곳 | 세상의아침
출판등록 | 제2002-126호 (2002. 6. 26)
주소 | 서울시 마포구 서교동 408-8 305호
전화 | (02) 323-6114
팩스 | (02) 325-2114
이메일 | morningworld@paran.com

ISBN 89-955448-9-9 03810